AF372831

Gustaf af Geijerstam

Das ewige Rätsel

e-artnow 2018

Jack London
Martin Eden

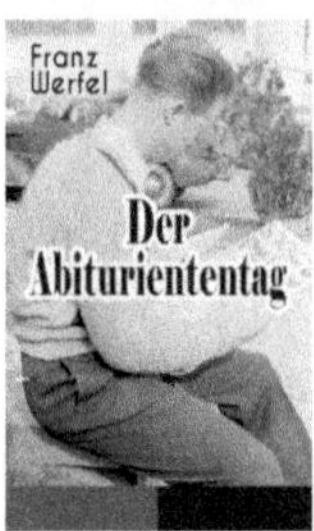

Franz Werfel
Der Abituriententag

Frau von W.
Aus einer kleinen Stadt

Jack London
König Alkohol

Franz Kafka
Amerika

Gustaf af Geijerstam
Gefährliche Mächte

Gustaf af Geijerstam
Frauenmacht

Jakob Wassermann
Christian Wahnschaffe

Gustaf af Geijerstam
Die Menschen auf Braenna

Franz Kafka
Ein Hungerkünstler

Gustaf af Geijerstam

Das ewige Rätsel

Der Verfall einer Ehe

Übersetzer: Gertrud Ingeborg Klett

e-artnow, 2018
Kontakt info@e-artnow.org

ISBN 978-80-268-8672-3

Inhaltsverzeichnis

Erstes Kapitel

Ich hab mich müde gegrübelt, all das zu begreifen, was ich in ein paar kurzen Jahren erlebt habe. Es war ja so wenig, was ich verlangte, und so viel, was ich geben wollte …Eigentlich verlangte ich bloß, geben zu dürfen…

Und dennoch…

Müde wandre ich in meinem Zimmer auf und ab; wenn die Lampe heruntergebrannt ist, werf' ich mich aufs Bett und sinke in Schlummer – – aber nicht in Schlaf. Noch hat die Zeit, die verflossen ist, mich nicht geheilt. Und doch müßten die Jahre längst das ihrige getan haben. Niemand weiß, daß ich so lebe. Niemand ahnt, daß dann und wann, wenn ich's am mindesten glaube, das Alte wieder aufbricht in mir, die alten Wunden, die sich nicht heilen lassen wollen. Züge gehen und kommen auf dem kleinen Bahnhof. Der Winter kommt früh hier oben im Norden, und der Schnee liegt schon hoch über Hecken und Feld. Dunkel heben sich um mich die Berge gegen den Nachthimmel mit seinen Sternen. Niemals hab ich sie leuchten sehen damals, als die große Stadt mich gefangen hielt. Die Winternacht ist nah. Bald wird die Sonne ganz verschwinden, und Monate werden vergehen, eh ich sie wieder emporgleiten sehe über die Berge, die mein Tal umgrenzen. Vielen Menschen begegne ich nicht hier. Und die Züge gehen nicht so oft im Winter.

Hier müßte alles in mir sich klären. Aber auch das geht langsam. Es ist wie ein Genesen nach einer langen Krankheit, die in mir kämpft, mich nicht loslassen will…

Neulich fuhr ich nach der Stadt, um meinen Jungen zu besuchen. Wir schlossen uns auf seiner Stube ein und saßen da bis spät am Abend. Manchmal sah der Junge mich an, als wollte er meine Gedanken erraten, und sagte:

»Haben wir's nicht gemütlich jetzt?«

»Doch!« antwortete ich. »Gemütlicher haben wir's gar nie gehabt…«

Er strahlte und kam zu mir her und streichelte mir den Bart, wie ein Mädchen oder ein Kind. Oder eigentlich wie ein älterer Freund, den um des Jüngeren willen eine Unruhe quält …Ich verstand ihn ja so gut. Er ängstigt sich, was ich in meiner Einsamkeit anfange, seit er mich allein auf dem Land draußen gelassen und das Gymnasium bezogen hat. Ich wiederum kann die Furcht nicht los werden, er könnte Schaden gelitten, könnte eine Art seelischen Knax davongetragen haben von allem, was er durchgemacht hat. Er ist auch ein bißchen blaß und klein, als wär er im Wachstum stehen geblieben.

Aufs neue erwachen die Gedanken, während ich im Zug sitze, der mich dampfend durch Wald und schneeverhülltes Land nach Hause zurückführt.

Aber ich habe den Entschluß gefaßt, gesund zu werden, und um mich selber darin zu bestärken, schreib' ich dies hier nieder. Ich bin kein Schriftsteller. Was ich schreibe, weist auch die Spuren davon auf. Ich bin nichts als ein Mensch, der nah daran war, sich am Leben zu verheben…

Aus der ersten Zeit meiner Ehe möchte ich am liebsten gar nichts erzählen. Zu jener Zeit war ich schlechtweg glücklich, das heißt, so glücklich, wie ein Mensch meiner Art überhaupt sein kann. Und glückliche Menschen haben bekanntlich keine Geschichte. Ich will auch nicht erzählen, wie Maud und ich ursprünglich auseinanderkamen. Das heißt, das kann ich nicht erzählen. Denn eben hierin liegt das ganze Rätsel, das mich krank gemacht hat. Maud hat es mir gesagt und ich hab es ihr gesagt. Sie hat auf ihre Weise geredet und ich auf meine. Aber in all dem, was zwischen uns geredet worden ist, ist nichts, was ich festhalten und worin ich eine Erklärung finden kann die mir Ruhe gibt.

Ich hab einmal ein Märchen gehört. Hier draußen, wo ich jetzt lebe, kommen die Märchen zu mir. Der Bahnhof liegt am Fuß des Gebirgs, und viele Stunden können vergehen, ohne daß ein Zug kommt. Und in der Stille beginnen die alten Märchen zu reden. Besonders an eines erinnerte ich mich an einem solchen Abend. Es war das von der Waldfrau. Viele Sagen gibt es von ihr. Und sie sind alle ganz verschieden. Aber in einem Punkt stimmen sie alle überein. Die Waldfrau schenkt dem Manne höheres Glück, als Erdenfrauen ihm schenken können. Aber im

Wald hat die Waldfrau einen Fuchsschwanz, oder auch ist sie hohl wie ein Backtrog oder ein morscher Baumstumpf. Das sieht man erst, wenn sie einem den Rücken wendet. Der Sage nach ist sie grausam, böse, hohl. Es gibt, wie gesagt, viele solche Sagen von Rittern und von Königen.

Aber an keine von denen denke ich. Die, an die ich denke, handelt von einem Mann, der einsam im Wald lebte.

Seine Hütte war niedrig, und er nährte sich von Jagd und Fischfang. Aber die Tage wurden ihm lang. Denn er war ein warmherziger Mensch. Und er sehnte sich nach einem Weib.

Schwermütig lag er eines Morgens und sah die Sonne durch ein Astloch an der Wand über seinem Bett spielen. Es war zeitig im Frühling; die Regenwasser rauschten durch den Wald, daß man sie weithin hörte. Das vermehrte seine Schwermut, und er seufzte vor Sehnsucht.

Da sah er, wie die Sonnenstrahlen im Astloch sich gleichsam verdichteten, und etwas rann durch die Wand zu ihm herein. Zuerst erbebte er vor Schreck. Denn er kannte jedes Getier im Wald und wußte, wo Gefahren drohen. Aber als er sich umblickte, stand ein Weib am Herd und machte Feuer. Nie hatte er Schöneres gesehen.

Da stand er von seinem Lager auf, und schnitzte, ohne ein Wort zu dem Weibe zu reden, mit seinem Taschenmesser einen Keil, den er in das Loch trieb.

Die Waldfrau blieb bei ihm und schenkte ihm ihre Liebe. Sie bettete sein Lager und kochte sein Essen. Sie ward ihm ein demütiges, williges Weib. Ein Kind gebar sie ihm auch. Tag und Nacht beglückte sie ihn.

Viele Jahre lebten sie so, und der Mann fing schon fast an, zu vergessen, wie er zu seiner Frau gekommen war. Aber eines Nachts, als er in ihren Armen ruhte, fragte sie ihn kosend, wie er zu ihr gekommen wäre. Und der Mann begriff, weshalb sie in den letzten Wochen so schwermütig gewesen war, wie dereinst er, zu der Zeit, da er einsam war. Erst wollte er nicht antworten; aber berauscht vom Kuß der Waldfrau gab er nach. Er nahm den Holzkeil heraus, der noch im Astloch saß. Und siehe! Da spielte der Mondschein übers Lager herein. Denn draußen im Wald war es Nacht.

Und er sah, wie sein Weib vor seinen Augen gleichsam durchsichtig ward und eins mit dem Mondlicht. Und auf demselben Weg, wie sie gekommen war, glitt sie wieder hinaus. Durch die Wand vernahm er einen klagenden Laut, wie wenn im Fels der Uhu ruft.

Er ging zum Bett, wo das Kind lag. Es war kalt und tot. Da verstand er, weshalb die Waldfrau geklagt hatte, als sie entschwand.

Denn ihm ward jetzt klar, daß er mit der Waldfrau verheiratet gewesen war. Und nie ward er wieder wie zuvor. Sein ganzes Leben lang wartete er auf sie. Aber im Wald begegnete er ihr nimmer.

Zweites Kapitel

So unerwartet kam dereinst auch Maud in meinen Weg. Ich fühlte mich einsam, wie kaum einer in der Hauptstadt. In meinem Blut lebte die Erinnerung an meine Jugend im Wald. Mein Vater war nämlich Förster gewesen. Er hatte mich zum Studieren gezwungen, um mir das harte Leben zu ersparen, das er selbst hatte. Während ich noch Student war, starb er. Ich habe ihn nie gekannt.

Ich erhielt eine bescheidene Anstellung beim Eisenbahndienst. Aber ich war ein Fremdling in meiner Umgebung. Die Menschen waren mir so fremd, daß ich mich ihnen kaum zu nähern wagte. Vielleicht war etwas Krankhaftes in mir. Maud hat es immer behauptet. Und sie hatte wohl recht. Aber wird nicht das Gemüt krank, wenn man in eine Umgebung kommt, in der man nicht daheim ist? Gibt es nicht viele solcher Kranken?

Ich weiß nur, daß, weil ich mich fremd fühlte unter den Menschen, ich mir meine eigene Welt aufbaute, eine Welt, die ich in mir selbst trug. Schwermütig lebte ich dahin; es war mir unheimlich, einsam auf einem Zimmer mit der Aussicht auf Telephongalgen und Dächer zu sitzen. Da kam Maud in mein Leben. Wie ich mich ihr zu nähern wagte, ist mir ein Rätsel. Was hatte ich ihr zu bieten? Aber sie nahm mich so, wie ich war. Und was kein anderer in mir sah, das sah sie. Von dem Tag an wich meine Schwermut. Glücklicher konnte kein Mann sein, als ich. Dennoch wich die Schwermut nicht auf immer. Später kehrte sie zurück, tauchte ganz plötzlich mitten aus meinem Glück auf und ängstigte mich. Da suchte ich Trost bei Maud, und als ich nicht fand, was ich suchte, begann mein Übel wieder Macht über meine Seele zu gewinnen.

Nun ist es im allgemeinen gefährlich, eine bürgerliche Stellung innezuhaben, wenn man sich so ganz und gar nicht auf die Kunst versteht, bürgerlich zu leben. Andere merken das nämlich. Und die Solidität, die die Gesellschaft von einem derartigen Hausstand erwartet, fehlt. Es ist immer gefährlich, seinem Leben ein Gepräge zu geben, das dem der andern nicht gleicht. Ich muß es selbst gestehen – unser Haushalt machte nie den Eindruck, als wär es ein Haushalt wie der der andern. Er machte den Eindruck, daß da ein Mann mit seiner Geliebten hauste, und sogar der Knabe, der in den Zimmern umhersprang und spielte, hatte in seinem ganzen Wesen etwas Zwangloses, als sei er die Frucht einer ungesetzlichen Verbindung. Unser Haushalt war nicht so, wie der eines Beamten sein soll und muß. Ihm fehlte vollständig die Art Ernst, die Gewicht verleiht. Maud und ich gehörten außerdem zu denen, die gern Freunde bei sich sehen, und so lang alles in unserem Haus eitel Freude war, fehlten diese auch nie. Aber wenn sie von uns sprachen, schüttelten die Freunde die Köpfe und sagten: »Das geht nicht auf die Dauer. Frau Maud ist zu apart, und er ist viel zu verliebt in seine Frau.« Eine eigentümliche Figur müssen wir gemacht haben in der Welt – so als Mann und Frau betrachtet. Immerhin – unser Leben ging weiter, wie das der andern auch. Auch ökonomisch schlugen wir uns durch, und nach vielem Wenn und Aber erhielt ich schließlich sogar eine Beförderung. Und die Freunde sagten: »Wird sich zeigen, wie lang das so weitergeht.« Im übrigen, das weiß Gott, lebten wir bürgerlich genug. Unsere Wünsche gingen nicht über das hinaus, was Menschen erreichbar ist. Und dennoch hatten unsere Freunde recht. Lange währte unsere Freude nicht. Nicht einmal, daß ich befördert und daß unsere Lage eine recht gute wurde, konnte uns retten. Immerhin – befördert wurde ich. Ah, der Tag, an dem ich auf meine Visitenkarte drucken lassen konnte: Karsten Bloch, Kontrolleur in der Eisenbahnverwaltung! Nie vergeß ich den. Damals schien mir, als wär ich nun über das Schlimmste weg. Und doch begann damals, oder gleich darauf, das Unheil.

Illusionen! Illusionen!

Als ich glaubte, der beste Teil unsres Lebens würde jetzt erst kommen, war schon alles zu Ende.

Wir nahmen zu jener Zeit eine andere Wohnung. *Mein* Wunsch war das nicht. Ich hing an den beiden kleinen Zimmern ganz am Ende der Regierungsstraße, wo wir anfänglich gewohnt hatten. Als ich sah, wie Maud unsern Hausrat zusammenpackte und von den Wänden die kleinen Zieraten nahm, die wir, eins ums andere, dort aufgehängt hatten, schnitt es mir ins Herz. Leer und öde schauten die Zimmer uns nach, als wir sie verließen. Und in mir klang es, als ob unheimliche Dissonanzen in meinen Ohren schrillten. Mir traten die Tränen in die Augen. Als ich ein letztes Mal die Treppen hinabging, war ich allein. Maud war so glücklich, daß sie diese Räume, die für mich alles enthielten, verlassen durfte, daß ich nicht das Herz hatte, ihre Freude zu stören. Wie von einer Last befreit verließ sie die Räume, die unser Glück umschlossen hatten.

Dennoch war ich froh, daß Maud sich nicht mehr abarbeiten mußte, wie bisher, daß wir nun die Mittel hatten, ein Dienstmädchen zu halten. Wie eine Königin kam sie mir vor, und eine Königin soll nicht unter der groben Arbeit des Lebens leiden. Zudem sagte sie, sie hätte die Gegend, in der wir zuerst wohnten, nie ausstehen können. Die obere Regierungsstraße war zu jener Zeit ein trübseliger Stadtteil. Nur arme und kleine Leute wohnten da. Maud liebte es, unter *die* Menschen zu gehen, die ganz Stockholm kennt. Sie wollte im Sonnenschein leben. Ihr Stockholm war nicht das meine. Aber ich zog um, weil ich wußte, daß sie es wünschte.

Ja, ich war sogar der erste, der auf eine Veränderung drang. Unsere neue Wohnung war bald zu unserem Empfang bereit. Sie lag ganz hinten in der Kardellstraße, der kleinen, schmalen Gasse, die von der Sturestraße abgeht. Dicht bei der großen Pulsader, auf der Stockholms *beau monde* zu flanieren pflegte, lag sie. Mir war fast ängstlich zumut, so oft ich nach Hause ging. Die Wohnung war nicht groß, aber bequem. Mir war sie groß genug, so groß, daß es mir schien, als wären Maud und ich wer weiß wie weit auseinandergekommen. Maud hatte ihr Zimmer, Harry seines und ich meines. Das Traumland war verschwunden.

Es war verschwunden. Aber das sah ich nicht, wollte es nicht sehen. Äußerlich lebten Maud und ich wie zuvor. Stark, wie zuvor, glühte in mir die Illusion. Jahre vergingen, in denen ich mir einbildete, das Glück sei mit uns gezogen. Meine Kollegen hatte ich nie zu mir eingeladen. Sie hätten sich bei uns nicht wohl gefühlt. Weder der Ton noch der Verkehr würde ihnen gepaßt haben. Ich hielt meinen Beruf und mein Familienleben so ängstlich getrennt, wie zwei Welten, die nichts miteinander zu schaffen haben. In der ersten Zeit hatte meine Frau den Haushalt allein geführt. Und es wäre im Amt eine schlechte Empfehlung für mich gewesen, wenn meine Kollegen damals einen Einblick in unsere ungeschickte Wirtschaft bekommen hätten. Und auch, als ich es hätte machen können, lebte ich auf dieselbe Art weiter. Ich wollte meine Welt für mich haben. Ich sah ja mehr als genug von diesen Menschen, die ich nicht verstand. Tüchtige Menschen, arbeitsame, ehrenwerte Menschen. Aber so ganz anders als ich, daß ich lachen mußte, wenn ich daran dachte, was für Gesichter sie machen würden, wenn ich ihnen eines schönen Tags erzählte, welches meine Gedanken, meine Freuden und Liebhabereien waren! Aber ich hütete mich wohl! Ich war nie eine Rebellennatur gewesen, und Proselyten machen – das konnte und wollte ich nicht. Ich war ganz einfach ein Mensch, der, so gut er konnte, sein eigenes Ich zu wahren versuchte. Im Innersten ein unbedeutender Mensch, ein Spießbürger.

Ein anderes war für mich das Amt – ein anderes die Familie. Ich lebte in zwei vollständig getrennten Welten, und befand mich wohl dabei. Daraus baute ich mir meine Traumwelt. Eine ganze Traumwelt baute ich auf um Maud und mich; und es war meine Lust, wenn ich auf dem Bureau saß, die Augen manchmal zu schließen und mich an dem Gedanken zu laben, daß ich einen Winkel in der Welt hatte, der mein eigen war. Ich lachte vor mich hin. Ich fand das lustig. Zu denken, daß ich einen heimlichen Glückswinkel hatte, von dem keiner etwas ahnte! Was tat es, ob die Vorgesetzten mich überlegen behandelten und der Bureaudiener ein bißchen herablassend war? Ich war nicht wie die andern. Ich paßte nicht zu ihnen. Was tat's? Mein Traumland hatte ich, das konnte keiner mir nehmen. Und dort wartete ein Weib auf mich, das ich liebte. Ein Weib und ein Kind, das mein war! Es war mir eine Wonne, zu wissen, daß hier, auf meinem Bureau, keiner sie kannte. Keiner kannte sie oder mich. Sie und ich – wir waren wie zwei große Kinder, die einander an der Hand halten, um sich nicht einsam zu fühlen in der großen, wilden Welt. Darum ward mein Heim zu einem Wunderland, wie Dichter es sich errichten, um aus der Welt dorthin zu fliehen. Kein Unbefugter hat Zutritt. Makellos, unberührt ist für sie das Wunderland, und ein solches besaß auch ich in meinem Heim.

Der große Bienenkorb, in dem ich eine Stellung einnahm, lag im großen Zentralbahnhofsgebäude, und von meinem Fenster aus hatte ich die Aussicht auf das schmutzige Glasdach, unter dem die Züge aus und einrollten. Ich war nun einmal bei der Eisenbahn angestellt, und seit ich Maud gefunden hatte, dachte ich auch gar nicht daran, daß ich mich überhaupt zu etwas anderem eignen könnte. Den ganzen Tag lang hörte ich die Züge pfeifen und schnauben und die Wagen rasseln. Eigentlich war mir nichts unangenehmer; denn ich hasse den Lärm. All das Geräusch, das eine große Stadt erfüllt, ist mir eine ganz besondere Qual. Und wenn ich mich vor den Stoß von Papieren setzte, der mich jeden Morgen erwartete, wünschte ich mir oft den Tod – nur damit ich nicht mehr zu hören brauchte. Ich bin nämlich mitten im großen Wald geboren, und nach ihm hab' ich immer Heimweh gehabt. Darum brauchte ich auch inmitten dieser Werkstatt des Lärms das Bewußtsein, daß ein Traumleben auf mich wartete. Mit seiner Hilfe gelang es mir auch oft, zu vergessen, daß ich ein eingesperrter Waldmensch war, der sich an den unrechten Platz verirrt hatte, und der Lärm störte mich fast gar nicht mehr. Ich trug in mir den festen Punkt, von dem Archimedes sprach, und um den ein Mann zum mindesten seine eigene kleine Welt drehen kann.

Im übrigen hatte ich nicht nur ein Traumland, sondern ich hatte deren zwei. Das zweite lag auf einer Insel weit draußen in den Schären. Es lag einer Bucht gegenüber, und man mußte von der Dampferlandestelle mit dem Boot hinüber rudern. War ich nicht reich? Dort wohnte ich, wenn der Urlaubsmonat kam, mit den Meinen, und nie dachte ich dann daran, daß ich wieder in die Stadt zurück mußte. Kein Baum wuchs da, dessen Gestalt ich nicht noch jetzt deutlich vor mir sehe. Keine Bucht, keine Untiefe im Wasser, die ich nicht gekannt hätte. Früh morgens saß ich im Kahn und ruderte: die Angel wirbelte hinter dem Boot her; im Schilf schlug der Hecht. Und spät abends, wenn das lichte Sommerdämmer sank, wanderten Maud und ich durch den Wald.

Aber wozu von all dem reden? Ich sehe noch die Sonnenuntergänge da draußen ... Und das Wasser, das klare Wasser! Die Insel lag nah am offenen Meer. Die Haselwälder seh ich noch, die Eiche, die sich über das große Rondell breitete, wo im Herbst die Champignons aufschossen, den Landungssteg mit dem grauen Bootshaus – – – alles seh ich noch. Und ich glaubte, daß Maud das ebenso liebte, wie ich. Zu einer Zeit tat sie das gewiß. Nur daß ich und alles, was zu mir gehörte, zu gering war für sie.

Um sie sammelte sich alles, was ich mein nannte. Kein Mensch kann ohne Ansporn leben. Mögen auch blasse Kirchenmänner das Gegenteil predigen. Ich glaub es nicht. Meine Stimulanz, die mich zur Arbeit, Entbehrung und Freude antrieb, hieß Maud.

Damals war sie noch der Schmetterling, der in der Puppe lag. Aber in meinen Augen schimmerten ihre Flügel wie eitel Sonnenglanz. Eines Tages sollte sie selbst sich vollentwickelt nennen – – das war der Tag, an dem sie nicht länger mein war. Ein Leben des Genusses lebten wir miteinander. Alles, was die Dichter besingen, was die Kunst in ihren Werken preist, erlebten wir miteinander. Unsere Tage wurden zu Festen, und jeden Tag eroberten wir eine neue Freude, die wir am vorhergehenden noch nicht entdeckt hatten. Auch dunkle Stunden erlebten wir. Ach ja – – später denkt man nur noch an das Gute und vergißt alles andere. Aber sie vertrieb das Dunkel, um sie flimmerte die Luft im Sonnenglanz. So steht mir diese unsere erste Zeit im Gedächtnis, und so wird sie mir immer im Gedächtnis stehen. Blond war Maud. Wie Goldschaum stand ihr das Haar um das Gesicht mit den seltsamen Augen und dem roten Lächeln. Schöne Kleider liebte sie, Wein und Blumen mochte sie genießen und schauen, ausgeschnittene Kleider trug sie; denn ihre Büste war üppig und ihre Schultern fest und weiß. Bei den Frauen ringsum erregte sie Neid, und bei den Männern Freude.

Wäre ich nicht selbst so ganz gefangen gewesen in meinem stummen Glück, so wär ich auch nicht so blind gewesen. Vielleicht hätte ich dann Maud nicht verloren. Aber was tut's? Gerade meine Blindheit schenkte mir ein Glück, wie nichts sonst auf Erden es vermocht hätte.

Aber ich will mit dem Anfang beginnen. Brennend wie Feuer ziehen die Erinnerungen durch meine Seele.

Man muß bedenken, daß die Geschichte meiner Ehe in der ersten Hälfte der achtziger Jahre beginnt. Ein Sohn des jetzigen Schwedens wird sich vergeblich eine Vorstellung von der Generation zu machen versuchen, die damals aufwuchs. Alle die schönen Worte, die jetzt die Sprache schmücken, waren damals noch nicht erfunden. Eine ganz andere Terminologie beherrschte die Gemüter. Aber man täuscht sich sehr, wenn man glaubt, daß die Lebenslust darum schwächer gewesen wäre, weil sie in selbstbewußter Kraft nach scheueren Ausdrücken suchte. Die Lebenslust war sogar so stark, daß sie die Menschen nicht selten zu Opfern trieb. Ich lebte in Upsala in Berührung mit dieser Generation, die davon träumte, ihrer Zeit eine Wiedergeburt zu schenken. Und alles das war nur Lebenslust. Auch ich hatte Zeiten, in denen mich der Gedanke, einzugreifen, zu verbessern, auch meinen Strohhalm herbeizuschleppen zum Haufen in dem großen Neugestaltungskampf, der noch immer vor sich geht, nicht losließ. Sogar nachdem ich schon im Beamtenrock steckte, träumte ich noch immer, daß ich im Dienst der Ideen lebe, die meine Jugend erfüllt hatten. Alle Arbeit, sagte ich mir, ist eine Arbeit für die Menschheit. Alles läßt sich in den Dienst der Ideen stellen, die durch das Licht einiger weniger, einfacher Lebensmaximen die Welt erleuchten. Viele Jahre lang hielt ich diese Augentäuschung für Wirklichkeit.

Man sagt, die Weisen Indiens verlangen vor ihren Jüngern, daß sie sich des Weibes enthalten. Ein Abgrund liegt zwischen dieser Lehre und der Philosophie des Abendlands.

Das Weib trat in meinen Weg, und ich machte es zu meiner Frau, damit die Welt uns nicht in unserem Glück stören möchte. Aber das Weib nahm mir meine Gedanken und mein Ziel, meine Vorsätze und meine Philosophie. Und dennoch dank ich ihr. Sie gab mir mehr, als je eine Philosophie erträumt hat. Vielleicht hätte sie weniger gegeben, hätte sie nicht die Macht der Täuschung besessen.

Drittes Kapitel

War es vielleicht mein Grübeln, das zwischen uns beiden das Glück zerschlug? Maud hat es mir ja selbst gesagt an dem Abend, als wir für immer Abschied von einander nahmen. Was ich ihr zu tragen gegeben hätte, sagte sie, sei zu schwer gewesen. Kein Mensch kann eines andern Lasten tragen.

Sie sehnte sich, als sie mich fand, nach dem Leben. Ich sehnte mich, als ich sie fand, fort von meinem schwermütigen Traumleben und begehrte das Leben von ihr. Mein Inneres glich einem Gespensterhaus, das alle Geister bewohnten, die krankes Grübeln heraufbeschwört und am Leben erhält. Maud sagte mir ja, von der ersten Stunde an, in der sie mich sah, hätte ich sie mit dieser meiner Schwermut gequält. Also hätte sie nie eine glückliche Stunde gehabt an meiner Seite? Kann das wahr sein?

Ja, ja. Es muß wahr sein. Das Grübeln ist eine entsetzliche Krankheit. Es streckt seine giftigen Wurzeln ins Erdreich der Seele, es vergiftet den Boden rings umher. Alles andere, was da wächst, welkt und stirbt in dem verpesteten Erdreich. Darum starb auch die Liebe, von der ich glaubte, sie sollte mich retten.

Denn ich weiß es wohl. Ich bin ein Grübler gewesen. Darum ist auch kein Mensch mir nah gekommen, ohne daß ich ihm weh getan hätte. In mir lag das Grübeln auf der Lauer und peinigte und peinigte. Die Jugendfreude hat es mir verdorben; und als die Liebe kam, währte das Glück nur kurz. Ich vermochte nicht glücklich zu sein. Mir fehlte die Kraft dazu. Mitten in den Tagen unseres Glücks begann ich zu forschen, zu fragen, zu zweifeln und zu mißtrauen. Ich zog meine Frau mit in die kranke Sphäre meines eigenen Herzens, und wenn sie mich nicht verstand, mich nicht verstehen konnte, ward ich erbittert auf sie und schleuderte ihr böse Worte ins Gesicht, die mich tausendmal mehr quälten als sie. Und gleichzeitig hafteten diese Worte in mir und erzeugten Gedanken, Gedanken, die mich lähmten und mich kränker machten als zuvor – – Ja, ja. So muß es gewesen sein. Ich war ein Grübler, und kein Mensch konnte es mit mir aushalten.

Und dennoch scheint mir, als wäre mit diesen Worten nicht die volle Erklärung gegeben – ja, als ob sie mir eigentlich nichts sagten.

Denn das Seltsamste von allem war: längst, nachdem das Unglück angefangen hatte, bildete ich mir noch ein, ich sei glücklich mit meiner Frau und sie mit mir – glücklich, wie es nur Auserwählten vergönnt ist.

Wieder und wieder kehre ich zum Anfang zurück. Es ist, als müßte ich ihn hier finden. Und wenn ich an Maud denke, sehe ich sie am deutlichsten, am besten und klarsten so, wie ich sie zuerst sah.

Unbeschreiblich klein und zart war sie. Und als ich sie fragte, ob sie mein Weib werden wolle, fürchtete sie sich. Wenn sie mit mir allein war, wagte sie kaum zu sprechen. Aber ihr ganzes Gesicht lächelte, und ihr Gang war geschmeidig und weich, als tanze sie fortwährend nach einer Melodie, die nur sie allein hörte. »Ich kann nicht so viel reden, wie du,« sagte sie. »Ich kann dich nur küssen.«

Fügsam war sie – fügsam und weich. Keinen Wunsch hatte ich, den sie nicht erriet. Erst später verstand ich das. Ich lebte in jenen ersten Jahren gleichsam in einer Atmosphäre meines eigenen Willens. Ja, ja, so war es. Mein Wille war es, der sie, mich, unsere ganze kleine Welt beherrschte. Hat sie mir das nicht später selbst gesagt? Ich glaubte, sie wäre glücklich dabei. Denn es ist ja so: man kann einen andern vollständig beherrschen, und man sieht nichts, als daß man selbst glücklich ist. So etwas kann jahrelang fortgehen. Man merkt nichts. Alles hat sich von selbst so gemacht. Man ahnt nicht einmal, daß es auch anders sein könnte. Und plötzlich merkt man, daß das Glück fort ist. Während man darnach ruft und darnach sucht – überall – fängt man an, zu glauben, daß es nie gewesen ist. Wie Kinder, die jemand suchen sollen, der sich versteckt hat. Sie zittern am ganzen Körper vor Bangen. Aber tief innerlichst wissen sie doch, daß der Versteckte irgend wo ist. Man muß ihn finden. Was wäre sonst das ganze Spiel?

Aber bei dem Spiel, bei dem die Erwachsenen sich vor einander verstecken, kommt es vor, daß der, der sucht, das Versteck leer findet. Niemand ist da. Niemand antwortet auf seinen Ruf. Es ist kein Spiel mehr, es ist auch nicht Ernst. Das Spiel war ja der Ernst. Und jetzt ist es leer.

Wann war es, daß ich zum ersten Mal Mauds Gesicht starr werden und ihre Augen kalt auf mir ruhen sah? Ich suche und suche in der Erinnerung. Sie selbst sehe ich noch. Den Anlaß habe ich vergessen.

Sie stand mitten in ihrem Zimmer. Ihr Gesicht war von mir abgewandt. Es war Dämmerung. Aber ich fühlte, daß wir in diesem Augenblick auf irgend eine unerklärliche Weise so weit von einander waren, wie noch nie. Unerträglich war mir dies Gefühl; hilfesuchend näherte ich mich ihr und fragte:

»Was ist das, Maud – ?«

Auch nicht ein Wort wußte sie mir zu erwidern. Sie wußte eben so wenig, wie ich. Vereint standen wir da in dem gemeinsamen Gefühl, daß in uns etwas auszubrechen im Begriff war, das alles, was wir dereinst in Liebe aufgebaut hatten, in Stücke schlagen würde. Ich wiederholte meine Frage; aber auf alles, was ich sagte, antwortete sie nur: »Nicht jetzt. Nicht jetzt.« »Kannst du nicht zu mir reden?« »Nicht jetzt,« wiederholte sie. Und zuletzt – als könne sie die Worte nicht zurückhalten: »Ich bin nicht wie du.«

Warum mußte sie gerade diese Worte sagen? Sie brauchte das ja gar nicht – Ich ging von ihr fort und in mein Zimmer, das Zimmer, in dem ich schlief, arbeitete und allein war. Zum ersten Mal kam mir der Gedanke, daß ich in letzter Zeit mehr als früher allein gewesen war. Wie lang waren wir damals verheiratet? Zehn Jahre, elf Jahre, zwölf Jahre. Ich weiß nicht mehr. Die Jahre haben sich in meinem Gedächtnis verwischt. Sind verglitten in ein dunkles Einerlei, von dem ich nur noch weiß, daß wir miteinander stritten, wie wir es nie getan hatten.

Denn der Friede zwischen uns war gestört, und wir fingen an, miteinander zu rechnen, zurückzudenken, von Mein und Dein zu reden. Das erste Mal, wenn zwischen zwei Gatten eine Mißstimmung erwacht, verheimlicht man sie. Ohne Worte gleitet sie vorüber. Aber die Erinnerung an diese kurzen Augenblicke stirbt nicht. Die liegt tief und wächst und wächst. Das nächste Mal ist sie schon mächtig und wird zu bösen Worten. Die Worte beißen sich fest und erzeugen neue. So ähnlich wie das, was die Wissenschaft Selbsterzeugung nennt. Und nach und nach geschieht das Seltsame: das ganze Verhältnis zwischen zwei Menschen wird ein anderes. Ich bin nicht länger ich – sie ist nicht länger sie. Beide merken wir es. Und voll Angst suchen wir es zu verbergen. Wir verdoppeln unsere Zärtlichkeiten und unsere Wachsamkeit. Wir sind nämlich wachsam jetzt. Wir sind auf unserer Hut. Wir hüten uns ängstlich, einem der empfindlichen Punkte zu nahe zu kommen, die zwischen uns nicht mehr berührt werden dürfen. Es gibt viele solche Punkte jetzt. Sie schießen auf wie Pilze aus feuchter Erde. Gestern noch war der Rasen rein. Heut leuchtet er von giftigen Farben – Punkt an Punkt. Und das Seltsame ist – je mehr wir uns in acht nehmen, desto leichter stellen sich die Zwistigkeiten ein. Ah, diese entsetzlichen Zwiste! Diese Auftritte, bei denen der eine blind zuschlägt und der andere den Hieb hinnimmt oder verzweifelt wieder schlägt! Es ist wie ein Gewitter. Aber das Gewitter reinigt nicht. Nur um so dumpfer ist nachher die Luft. Die Vernünftigen sagen von solchen Ausbrüchen, sie gehörten zur Liebe. Denn, sagen sie, nachher kommt die Versöhnung mit Küssen und Kosen. Eine tierische Lehre ist das. Solche Ausbrüche töten die Liebe in der Seele und verweisen sie auf den Körper. Gewaltig ist die Liebe. Sie nimmt uns in ihre Gewalt, zeigt uns unsere Ohnmacht und ihre eigene Allmacht. Ich ertrage es nicht, daran zu denken. Widerlicher als alles ist die Erinnerung an den Tod der Liebe. Kann sie nicht unsere Seele beherrschen, so schlägt sie ihre Krallen in unser Fleisch. Widerlich ist der Kampf, wenn die Liebe das Ihre sucht und mit Gewalt nehmen will, was sie im Guten nicht haben kann.

Das habe ich erlebt. Da liegt die Antwort auf das Rätsel. Den Tod der Liebe habe ich erlebt. Es ist, als atme ich auf, seit ich das Wort gefunden habe. Warum verstand ich das nicht damals, verstand nicht, ehe es zu spät war?

Die Liebe starb zwischen Maud und mir, und mit ihr starb alles andere in uns, welkte hin, wie das Gras im Wald welkt, wo der Waldbrand darüber hinfährt. Wir verstanden es nicht, ahnten es nicht einmal. Nein, das ist zuviel gesagt. Maud ahnte es. Sie hat es mir selbst gesagt. Ich allein war blind. Ich ahnte nichts. Mit Gewalt wollte ich sie wieder ins Leben zurückrufen. Wie ein Wahnsinniger kämpfte ich gegen unser Schicksal, ihres und meines, an. Und als alles zusammenbrach, brauchte ich Jahre, ehe ich entdeckte, woher das Unglück kam. Wie auf spitzen Nadeln ging ich in jener Zeit. Jeder Schritt schmerzte. Und wie ich litt! Das Entsetzliche ist, daß ich es jetzt verstehe. Während der ganzen Zeit habe ich Maud überhaupt nicht gesehen, habe sie nicht gesehen als den Menschen, der sie war, sondern als den Menschen, den ich aus meinen eigenen Träumen herauszwingen wollte. Es war eine einzige, große Verzweiflung! Und doch waren alle meine Gedanken besessen von ihr.

Ah – – wenn ich an unsere Nächte denke! Nächte sind da, die in mir ein solches Grauen hinterlassen haben, daß ich nicht daran denken kann, nicht daran denken will. Denn ich will Klarheit haben, die Erklärung – – um jeden Preis! Und die Erinnerung ist so unheimlich, daß sie mich stört. Aber der Gedanke daran ward zum Grübeln, und das Grübeln zerstörte alles – alles, bis zum letzten Rest der Möglichkeit einer Umkehr, die eine Zeitlang vielleicht doch noch da war. Ich lag eines Nachts in ihren Armen und sie liebkoste mich. Tot war ich innerlich, leblos war mein Gefühl. Unter der bloßen Berührung ihres Körpers erlosch meine Leidenschaft. Nichts als Widerwille erfüllte mich mehr. Einsam lag ich später in dieser Nacht auf meinem Zimmer wach, und zum ersten Mal fühlte ich, daß ich ein Weib hassen konnte.

Schwer gingen die Tage.

Des Morgens vermied ich es, mit meiner Frau zusammenzutreffen, damit nicht ihr bloßer Anblick mich zu einem Ausbruch sinnlosen Zorns reizen sollte. Und des Abends, damit nicht aufs neue die Leidenschaft aufglühen und mich narren sollte mit der Lüge, daß alles wieder werden könnte wie zuvor.

Worte gibt es nicht für so etwas. Es gibt nur Schweigen, das Schweigen, das Ruhe verleiht.

Viertes Kapitel

In jener Zeit fing ich an, die Abende außer dem Hause zuzubringen. In der Nähe unserer Wohnung war ein kleines Café, in dem sich solche Leute versammelten, denen das neue Stockholm nicht behagte. Es war ein Café alten Stils, mit einem ganz kleinen Speisezimmer innen. Auch verunglückte Existenzen sah man da, die sich aus irgend einem Anlaß nicht gern im Tageslicht zeigten. Frauen kamen nie hin.

Hier verbrachte ich oft – einsam in einer Ecke Zeitung um Zeitung lesend – meine Abende. Dazwischendurch saß ich stumm da und betrachtete die Rauchwirbel meiner Zigarre. Hier ließen mich seltsamerweise die Gedanken in Frieden, und wenn ich nach einem solchen Abend Maud wiedersah, war mir fast, als sei ich ihr näher gekommen.

Bekanntschaften machte ich in dieser Zeit keine. Ich suchte niemand – und niemand suchte mich. Ich hatte niemand, dem ich mich hätte anvertrauen können.

Ein Abend fällt mir ein, der noch schwerer war als gewöhnlich. Es war nichts Besonderes geschehen. Aber mein Inneres war verstört. Es war, als müsse ich einen Freund haben, oder doch wenigstens einen Menschen. Und doch sagte ich mir selbst, daß ich – auch wenn ich einen Freund hätte – ihm nichts sagen könnte. Man spricht nicht mit Freunden über seine Frau.

Da dachte ich an etwas, was in früheren Jahren zu meinen besten Genüssen gehört hatte. Ich dachte an meine Spaziergänge durch Stockholm. Lange hatte ich sie vergessen. In meiner glücklichen Zeit pflegte ich nämlich in freien Stunden die Straßen der Stadt zu durchstreifen, und im südlichen und im nördlichen Teil war ich gleich gut daheim. Winter, Sommer, Frühling und Herbst – jede Jahreszeit hatte ihren besonderen Reiz. Und alles was ich sah, hatte mir sozusagen eine Geschichte zu erzählen. Wo ich auch ging, konnte ich mich an irgend etwas erinnern, was da geschehen war. Ohne daß die Menschen es ahnten, erzählten sie mir ihre Lebensschicksale. Liebe und Haß, Bosheit und Güte – alles durcheinander. Maud pflegte, wenn sie mit mir ging, immer zu sagen: »Worüber lachst du?« »Still!« sagte ich dann. »Es ist eine Geschichte, die ich eben gesehen habe – « Und wenn ich so antwortete, glaubte ich immer, sie verstehe mich. Denn die Menschen, die vorübergingen, erzählten mir doch ihre Lebensschicksale. Darum wollte ich auch immer langsam gehen, um zuhören zu können. Die Klippen der Südstadt hatten ihre Geschichten, Norrbro und das Schloß hatten ihre. – Eine wunderbare Stadt ist Stockholm! Die Erinnerungen der Weltgeschichte und das Geschick des Alltags begegnen sich in ihr; und wenn man über die Stadtgrenzen kommt, so redet die Natur. Die Eichen im Tiergarten und die Tannen im Hagapark, das Wasser, das aus der Ostsee und dem Malar blinkt – alles redet, alles lebt. Und dann die Häfen! All die Menschen. All die Boote, die kommen! Die Dampfer und die kleinen Segler mit ihren zerrissenen Segeln, die sauber geflickt und herausgeputzt sind, weil es doch einen Besuch in Stockholm gilt. – –

Eigenartig ist auch an Stockholm, daß man überall, wo man hinblickt, die Natur um sich sieht. Kaum eine Straße ist da, in der man nicht von irgend einem Punkt aus das freie Land erblickt. Entweder der Wald schneidet fern am Gesichtskreis der Straße ab, oder es zeigen sich, wo sie endet, ein paar Bäume und ein offener Horizont.

So lebendig entsann ich mich alles dessen, daß ich aufstand, meine Zeche bezahlte und ging. Straßauf, straßab ging ich. Ich sah den ›Strom‹ im Licht von Tausenden von Flammen blinken und die Dampfboote über das dunkle Wasser eilen. Schwarz standen die Klippen der Südstadt hinter all den Lichtern von Straßenlaternen und Fenstern. Um mich verdichtete sich die Dämmerung, während ich ziellos in den Gassen der Stadt umherstreifte. Eine Prostituierte ging an mir vorbei. Und wie ein Stachel traf mich ihr Auge. Ohne daß ich wußte, warum, stieg mir das Weinen in den Hals. Die Erinnerung an die Zeit, als noch kein Heim mich erwartete, muß plötzlich in mir aufgestiegen sein. Mit einmal schien es mir, als wäre diese Zeit meine glücklichste gewesen. Und trotzdem wußte ich, wie einsam und verlassen ich mich damals immer gefühlt hatte.

Aber ich hatte doch nicht gewußt, was Unglück ist. Wie gleichgültig war mir jetzt alles, was ich sah! Wie verändert war ich selbst! Die Menschen, die an mir vorübergingen, erzählten mir nichts, und auch ich hatte ihnen nichts zu sagen. Als ich jung war, konnte ein Blick, wie der, der eben an mir vorübergehuscht war, mich zum Stehenbleiben verlocken. Ganz gewiß wünsche ich die Zeit nicht zurück. Widerlich ist die gekaufte Liebe. Sie zermürbt Körper und Geist. Dem Erwachen folgt der Ekel. Aber was war dieser Ekel im Vergleich zu dem trostlosen Überdruß, der jetzt mein ständiger Begleiter war?

Ich weiß so gut, daß diese Gedanken mich in jener Nacht erfüllten. In müden Variationen glitten sie durch mein Hirn. Ich drehte um und ging, ich ging und drehte um, kam wieder aus den Gassen hervor und wanderte über Norrbro. Auf der Jakobskirche schlug es Eins. Fortwährend rieselte der Regen nieder. Weshalb auch sollte ich nach Hause gehen? Wer wartete da auf mich?

Ich ging – gebeugt und schwer. Der bloße Gedanke daran, daß ich die drei Treppen zu meiner Wohnung hinaufsteigen und den Schlüssel im Patentschloß umdrehen sollte, peinigte mich. Trotzdem ging ich nach Hause. Als ich in meinem Zimmer stand und die Lampe angezündet hatte, troff ich von Schweiß.

Ich zog meine Hausschuhe an und begann vorsichtig auf und ab zu wandern. Das Zimmer war nicht gerade dazu geeignet – so klein, wie es war. Hätte es nicht eine verschließbare Tür gehabt – ich hätte nichts gefunden in diesem Zimmer, was mir auch nur ein Gefühl des Behagens hätte geben können. Das Schlafsofa war für die Nacht hergerichtet. Zwischen dem Fenster und dem Kachelofen konnte ich genau fünf kurze Schritte gehen. Ach, ich weiß es noch heute! Ich habe die Schritte öfter gezählt, als gut war. Ich ging – hin und her – her und hin – und als ich müde war, zu zählen, fing ich an, halblaut mit mir selbst zu reden.

»Es war nicht viel, was ich verlangte,« begann ich. »Ich dachte auch nie daran, daß ich hätte mehr verlangen können. Aber nie hätte ich geglaubt, daß es so enden würde. Sie schläft jetzt in ihrem Zimmer und ich in meinem. Nichts vereint uns. Alles trägt nur dazu bei, uns zu trennen. Warum kam sie zu mir, wenn sie nicht wußte, ob sie bleiben wollte? Und warum hat sie mir gesagt, daß sie nicht will? Sie hat später zurückgenommen, was sie gesagt hat. Sie behauptet, es sei alles, wie früher. Aber es ist nicht wie früher. Warum werde ich jetzt nicht mehr froh, so wie ich es früher immer wurde in ihrer Nähe? Warum ist das Schweigen zwischen ihr und mir so schwer geworden? Es ist, als bohrten sich böse Worte durch das Schweigen und träfen mich, wenn sie neben mir sitzt. Sie hat sie nicht gesprochen. Ich auch nicht. Wer also spricht sie, oder woher kommen sie? Und wo ist das Traumland hingeraten?«

Ich erinnere mich, daß ich mitten in diesen Gedanken plötzlich an den Blick der Prostituierten dachte, der mich im Laternenschein gestreift hatte. Ganz deutlich sah ich alles – wie sie durch die Schminke hindurch lächelte, wie ihre Feder im Dunkel hinter mir zitterte. – –

Was war das für eine Erinnerung, die in mir aufstieg? Eine Erinnerung, die viele Jahre lang geschlafen hat und jetzt, durch einen alltäglichen Zufall geweckt, wieder auftaucht. Es war ein kleines Mädel mit roten Backen, das neben mir stand und weinte, weil ich ihr gesagt hatte, sie würde mich nicht mehr sehen. Gleich nach meiner Verlobung war das. Ich war für sie nichts gewesen, als eine flüchtige Bekanntschaft, die sie nur selten aufsuchte. Und jetzt weinte sie, weil sie mich nie mehr sehen würde und weil sie wußte, warum.

An sie dachte ich jetzt; und das Seltsame war – ich hatte Heimweh nach ihr. Sie war unbedeutend, ärmlich, dumm. Aber nie hatte sie mir anderes als Gutes erwiesen, hatte mich vielleicht, auf ihre Art, sogar ein bißchen gern gehabt. Wo mochte sie sein jetzt? Verschwunden im Menschenmeer, das sie vielleicht noch grausamer verschlungen hatte, als mich – –

Ich hatte Heimweh nach ihr – nicht, weil ich sie gern wiedergesehen hätte, sondern in dem Gefühl: hätte ich mich mit ihr begnügt ...! Als ich sie damals verließ, war sie mir weniger als nichts.

Ich blieb stehen und stöhnte laut.

»Ach ja,« fuhr ich, meinen ersten Gedankengang wiederaufnehmend, fort – »so also kann das enden! Ich habe nie Hunger gelitten. Ich habe mich nie besonders abgearbeitet. Ich hab' es nur immer knapp gehabt. Wo ich jetzt stehe, werd' ich stehen, bis ich alt und grau bin. Und das Traumland ist verwandelt. Das Traumland ist nicht mehr mein Heim. Sondern das Traumland ist das Bureau. Da stöhnen die Lokomotiven, da rasseln die Wagen, da zerreißt schrilles Pfeifen die Luft, und vor meinen Fenstern qualmt der Kohlenrauch. Dahin sehne ich mich jetzt. Wenn ich da sitze, habe ich Ruhe. Stunde um Stunde vergeht. Wenn der Glockenschlag naht, bei dem die Lokale geschlossen werden, kommt die Unruhe über mich. Ich weiß, ich muß nach Hause gehen. Und während ich gehe, hege ich die närrische Hoffnung, daß all das Böse nur Einbildung ist, daß ich es werde ausweinen und fühlen können, wie es mir leichter wird.

Aber es wird nie leichter – das ist das Furchtbare. Ich gehe wie in einem ewigen Nebel. Der Schmerz nagt in mir und läßt mir keine Ruhe. Tag und Nacht verfolgt er mich. Und in den besten Zeiten sitzt in mir die Furcht – die Furcht, der Schmerz könnte wiederkehren. Besser, besser war es damals, als ich kein Heim hatte, als ich immer allein war.«

Ich ballte die Hand im Grimm und fuhr fort:

»Wann hat es angefangen? Es hat angefangen, als es uns so nach und nach besser ging, als wir nicht mehr Sorge zu haben brauchten ums tägliche Brot. Es war, als hätte die Not oder die Angst vor der Not uns fest zusammengehalten. Jetzt sind wir weit, weit auseinander. Maud hat davon gesprochen, daß sie eine Scheidung will. Und ich kann nicht.

Es soll also einmal aus sein – – vollständig – rettungslos aus! Sie soll für mich nicht mehr auf der Welt sein, und ich nicht für sie. Ach, wir Menschen leben alle im Kampf miteinander; und keiner weiß etwas vom Unglück des andern. Was wollte sie von mir, die Person, der ich begegnet bin? Warum muß ich jetzt hieran denken? Soll ich vielleicht dahin wieder zurückrollen? – Es war einmal ein Heim – – gerade wie im Märchen.«

Plötzlich bleibe ich wie versteinert stehen. In der Türe vor mir stand Maud. Im Nachtkleid stand sie da, und ihre Augen blickten schlaftrunken in den Lampenschein.

»Was tust du?« sagte sie. »Redest du mit dir selber?«

Ohne daß ich sie gehört hatte, war sie gekommen. Und mein erster Gedanke war: kann auch sie nicht schlafen?

»Es ist fünf Uhr,« hörte ich sie sagen. »Warum bist du noch auf?«

Ich wußte ihr nichts zu erwidern. Stumm standen wir einander gegenüber. Keins hatte etwas zu sagen. Ich kam auch nicht dazu, ihr zu erklären … Denn sie fragte mich hastig:

»Ist etwas mit Harry?«

»Nein,« erwiderte ich verwundert.

»Ich glaubte, weil du so spät noch auf bist,« antwortete sie.

Eh ich noch ein weiteres Wort sagen konnte, war sie verschwunden; und mich durchfuhr mit einem Mal der Gedanke:

»Warum ist sie wach? Kann auch sie nicht schlafen? Was ist das? Bereitet sie sich vielleicht in aller Stille darauf vor, mich zu verlassen?«

Noch nie hatte ich diese Frage vor mir selbst so klar ausgedacht. Es ist mir auch unbegreiflich, wie sie gerade damals in mir aufsteigen konnte.

»Könnt' ich sie nur fragen!« murmelte ich. »Könnt ich nur Gewißheit erlangen.« Aber ich wußte nur zu gut, daß ich nicht fragen konnte, und daß mir keine Gewißheit werden würde, eh diese Gewißheit nicht ganz von selbst kam.

Ich kleidete mich aus, um zu Bett zu gehen, und ich bemerkte, daß meine Hände zitterten, als hätte ich zu lang etwas Schweres getragen.

»Ist es mein eigenes Schicksal, das ich gesehen habe?« murmelte ich. Aber in der nächsten Sekunde schlug meine Stimmung um; und voll Wut antwortete ich mir selbst:

»Phrasen! Phrasen! Was bedeutet dein Schicksal? Was bedeutet ihres? Warum kommen lebende Menschen, die du nie gekannt hast, wie Geister des Abgrunds und stören dich? Ich lebe, wie ich muß. Ich tu ja nichts anderes, als warten. Nichts tu ich. Alles, was ich vornehme, ist eitel Leere und Vorwand. So verstört bin ich, daß ich nicht einmal dem wirklichen Leben gegenüber etwas zu empfinden vermag.

Dann erloschen meine Gedanken im Schlummer, und ich schlief ein mit meinem Warten auf die Gewißheit, die noch immer zögerte …

Fünftes Kapitel

Was die scheinbar unbedeutenden Geschehnisse jener Nacht in sich schlössen, sollte ich erst später erfahren. Wenn ein Mensch in ständiger Spannung lebt, kommt alles, was geschieht, ihm natürlich vor. Und was sonst seine Verwunderung wachrufen würde, gleitet leichter als sonst an ihm vorüber.

Es sind jetzt ein paar Tage vergangen, in denen ich nichts geschrieben habe, sondern nur unaufhörlich auf dem Perron vor dem kleinen Bahnhof auf und ab gegangen bin und den Schnee in der Dämmerung habe schimmern sehen. Die Sonne ist fort jetzt. Und es dauert lang, eh ich sie wiedersehe.

Aufs neue sitze ich an meinem Schreibtisch. Aufs neue erwacht in mir die Erinnerung an Maud, so wie sie mir zuerst begegnete. Ich kann es nicht hindern. Es kommt von selbst. Es bricht durch das Bild der wirklichen Maud, der Maud, die ich so spät erst kennen lernte. Oder welche von den beiden war die wirkliche? Nie werde ich das erfahren. Punktum. Die erste Maud ist es, an die ich jetzt denke.

Unberührt vom Leben war sie, unerfahren in allem. Ich weiß noch einen Abend vor unserer Hochzeit – – sie war zu mir gekommen, um mich zum Ausgehen zu überreden. Es war ein sonniger Wintertag gewesen, und draußen auf den Dächern lag Neuschnee. Aber als sie in mein Zimmer trat, überredete *ich sie* zum Bleiben.

Mein Herz war voll. Denn ich wußte, binnen wenigen Tagen würde dies Zimmer, in dem ich einsam gelebt hatte, nicht mehr für mich da sein. Ich saß und sah auf Maud. Ruhig, mit einem unbeschreiblichen Ausdruck von Vertrauen und Freude saß sie auf meinem Sofa. Wir redeten nicht viel. Die paar Worte, die fielen, drehten sich um unsere Hochzeit. Beide waren wir erfüllt von dem Gefühl, daß wir nun bald einander angehören würden. Für Maud war das bloß ein Wort. In wie hohem Grad, das ahnte ich nicht.

Da blickte Maud zu mir auf; ihre Wangen brannten:

»Ich weiß ja gar nichts, Karsten,« sagte sie. »Nichts weiß ich. Niemand hat mir etwas gesagt.«

Es lag etwas von Einsamkeit, Scheu und Jungfräulichkeit in diesen Worten. Und noch mehr in dem Ton, in dem sie gesprochen wurden. Sie rührten mich über alle Maßen. Keine Worte gab es für das reine Glück, das sie in mir weckten.

So war es damals. Die Erinnerung an diese Szene erwachte in mir auch am Morgen nach der seltsamen Nacht, von der ich eben erzählt habe. Am Abend saß ich in Mauds Zimmer und legte Patience. Ich hatte zu dieser Zerstreuung gegriffen, um gleichsam das Schweigen zu verdecken, das uns sonst bedrückte. Während ich die Karten hin und her legte, betrachtete ich heimlich Maud. Sie saß über ihre Handarbeit gebeugt, und ich glaubte zu bemerken, daß sie beunruhigt aussah, als sei sie in einem innern Aufruhr. Aha! dachte ich. Sie hat nicht vergessen, was sich in der Nacht ereignet hat. Ich selbst hatte den ganzen Tag über nicht daran gedacht. In einer solchen Spannung lebte ich zu jener Zeit, daß alles, was geschah, mir nur natürlich und selbstverständlich erschien. Meine Welt war vertauscht – umgewechselt – wie die Schatten auf einer Negativ-Platte. Was weiß war, bedeutete Schwarz, und das Schwarze Weiß.

Aha! dachte ich also, sie hat unsere nächtliche Begegnung nicht vergessen. Und ohne weiter darüber nachzudenken, wiederholte ich ihre eigenen Worte von der Nacht, indem ich fragte:

»Was macht Harry?«

Maud zuckte zusammen und wechselte die Farbe. Sie warf mir ihrerseits einen verstohlenen und, wie mir schien, feindseligen Blick zu. Aber sie antwortete, ruhiger als ich es erwartet hatte:

»Er wird seine Aufgaben lernen.«

Ich schob die Karten zusammen und begann das Spiel von neuem zu mischen.

»Ist sie aufgegangen?« fragte Maud gleichgültig.

»Ich denke an Harry,« antwortete ich. »Er hat es nicht gut bei uns gegenwärtig.«

So weit war es nämlich mit uns gekommen, daß wir von unserem Unglück als von einer Sache sprachen, die sich nicht verheimlichen ließ, und die es sich darum auch nicht mehr zu leugnen lohnte.

»O,« antwortete Maud in gleichgültigerem Ton, als mir lieb war, »er hat seine Schule und seine Aufgaben. Und in den Freistunden hat er seine Kameraden. Ich glaube nicht, daß er einen Unterschied gemerkt hat.«

Mauds ganzes Gesicht verriet es mir, daß sie mir nicht die Wahrheit sagte. Ich wandte mich von meinen Karten ab und sah sie an. Unglücklicherweise war mir nur wenige Minuten, eh dieses Gespräch begann, die Erinnerung aus unseren Glückstagen, von der ich vorhin schrieb, durch den Kopf geflogen. Ohne daß Maud es wußte, hatte ich sie verglichen mit der Frau, die ich einst geliebt hatte. Darum dachte ich in diesem Augenblick gar nicht an Harry. Der Gedanke an den Jungen war nur plötzlich in mir aufgestiegen, weil mir einfiel, daß Maud mich in der vergangenen Nacht nach ihm gefragt hatte. Was sie mit dieser Frage gemeint hatte, war mir vollkommen gleichgültig. Die Persönlichkeit des Knaben, oder was er unter unserem Verhältnis leiden mochte – all das war mir in diesem Augenblicke weniger als nichts.

Es gab nur eins, was mich beschäftigte. Das war das Gefühl, daß irgend etwas in meiner ganzen Welt in Unordnung war. Sobald Maud in meine Nähe kam, verstärkte sich diese Empfindung mit einer so peinigenden Gewalt, daß ich sie nicht aushalten konnte. Ich ertrug das Bewußtsein nicht, daß es zwischen uns so sein sollte, wie es in Wirklichkeit geworden war. Darum fuhr ich fort, von dem Jungen zu reden, redete lang und jedenfalls zusammenhanglose Dinge. Ich redete ja bloß, um meine eigene Unruhe zu betäuben, und fortwährend bildete ich mir ein – was wir auch redeten – es müßte sich plötzlich ein Leitfaden finden – eine Möglichkeit, Licht zu bringen in den unheimlichen Alb-Traum, der mich quälte...

Als sähe sie ein, daß jede Antwort in den Wind gesprochen sei, saß Maud neben mir. Die Karten flimmerten mir vor den Augen. Ich machte Fehler auf Fehler, fuhr nur instinktiv fort, sie zu legen, wie sie gerade kamen – –

Plötzlich blitzte es in meinem Innern auf. Es muß wie eine Ahnung gewesen sein, daß das, was in der Nacht sich ereignet hatte, so unbedeutend es an sich war, doch eine Art Sinn gehabt haben mußte.

»Was meintest du damit, als du mich heute nacht nach dem Jungen fragtest?« rief ich. »Ist es nicht genug mit all dem andern? Soll auch er noch zwischen uns stehen?«

»Ja ja,« antwortete dumpf Maud; »alles steht zwischen uns jetzt. Nichts vereinigt uns mehr.«

Im selben Augenblick hatte ich auch schon vergessen, was ich eigentlich mit meiner Frage hatte sagen wollen. Meine fixe Idee beherrschte sofort wieder meine Gedanken.

Als wäre ich ein Untersuchungsrichter, der ein Geständnis erzwingen will, bohrte ich meinen Blick in den ihren, während ich antwortete:

»Glaubst du, ich habe es böse mit dir gemeint, als ich eben von unserem Kind sprach? Glaubst du denn immer, daß ich es böse mit dir meine? Ich begreife dich nicht!«

»Nein,« erwiderte sie. »Und ich begreife *dich* nicht. Das ist es ja gerade.«

Ihr Ton ging mir zu Herzen. Solche Verzweiflung drückte er aus. Mir war bei diesem Ton, als hätte ich etwas zu bereuen, das ich ihr angetan hatte; mein Herz ward weich. Nie hatte ich ihre Verzweiflung mitansehen können, ohne weich zu werden. Als wolle sie diesen sanften Eindruck aus meiner Seele verjagen, blickte sie plötzlich auf. Jetzt war ihr Blick stechend und zugleich düster. Und ich begriff, daß das, was sie nicht aussprach, schlimmer war, als das, was sie sagte:

»Wir wollen aufhören für heute,« sagte sie. »Ich kann nicht mehr denken. Nicht jetzt.«

Wieder brauste ich auf. Ihre Unzugänglichkeit erregte meinen Zorn.

»Was ist denn in einer solchen Frage, das dich so besonders quälen kann?« antwortete ich. »Wir, Majestät, die wir ein frei Gewissen haben...! Du hast ja doch Hamlet gesehen!«

Es lag in diesen Worten eine Anspielung, die ich nicht beabsichtigt hatte. Aber kaum waren sie mir entschlüpft, so war mir, als fühlte ich auch schon, wie sie wirkten. In mir selbst befestigten sie den Zweifel an der ganzen Persönlichkeit meiner Frau, der schon seit langer Zeit in mir wucherte ... Wer war sie? Weshalb hatte sie mich gesucht und ich sie? Daß sie mich jetzt nicht mehr liebte, das glaubte ich so deutlich zu wissen, als hätte sie es mir mit dürren Worten gesagt. Aber hatte sie mich jemals geliebt? Und betrog sie mich wirklich? Das war die Frage. Sie war mir fremd. Niemals würde meine Seele der ihren nah kommen. Was zwischen ihr und mir gewesen war, war Einbildung gewesen. Wie eine giftige Säure fraßen die Gedanken sich in alles um mich her ein. Sie wurden zu Gift. Ich fühlte es wohl. Und ich zitterte vor den Erklärungen, die sich mir über die Lippen drängen wollten. Trotzdem wußte ich, daß diese meine Zweifel nicht bei mir Halt machten. Obgleich keins von uns ein Wort sagte, fraßen sie sich auch zu ihr durch, die mir da gegenüber saß. Das Gift, das meine eigene Seele zerstört hatte, hatte auch die ihre angesteckt. In meiner ganzen Erinnerung weiß ich keine Minute, in der ich ein entsetzlicheres Grauen gefühlt hätte...

Denn länger als eine Minute währte dieser Kampf nicht zwischen uns beiden, die eine fünfzehnjährige Ehe vereinte. Während ich dastand – über den Tisch gebeugt, wütend darüber, daß Maud meinem Blick auswich und gleichzeitig ihre Selbstbeherrschung aufrecht erhielt, fühlte ich bloß das wilde Verlangen, sie um jeden Preis zu verwunden, ihr etwas recht Böses anzutun. Was mit mir geschah oder nicht geschah, war mir jetzt ganz gleichgültig. Besinnungslos sprudelte ich hervor:

»Wen hast du denn heut nacht gesucht, als du aus deinem Zimmer kamst? Mich jedenfalls nicht.«

Im selben Augenblick, als ich die Worte ausgesprochen hatte, bereute ich sie auch schon. Ich bereute sie, weil ich einsah, daß ich mich durch sie verraten, meine Eifersucht bloßgelegt hatte. Und in mir rief es: Nicht weiter! Frag nicht mehr! Sonst könntest du mehr erfahren, als dir lieb ist! Es kam mir vor, als würde ich durch diese Worte, die ich da aussprach, zu einem Verbrecher – – schlimmer, als wenn ich meinem Weib ein Messer ins Herz gestoßen hätte. Ich wollte sie zurücknehmen, wollte mich vor meiner Frau niederwerfen, sie bitten, alles zu vergessen, alles wieder gut machen...

Da kam ihre Antwort – kalt, ruhig, siegesgewiß, wie mir schien:

»Du hast recht. Ich dachte nicht an dich, als ich kam. Ich dachte an einen andern.«

»Du glaubst selbst nicht, was du da sagst,« antwortete ich.

»Doch, doch,« antwortete sie. »Ich glaube es. Ich liebe dich ja doch nicht mehr. Ich kann nicht lieben. Hundertmal hast du mir's gesagt. Weshalb sollte ich da nicht einen andern lieben?«

Keinen Augenblick glaubte ich, daß auch nur ein Schimmer von Wahrheit in Mauds Worten läge. Ganz und fest glaubte ich, sie verleumde sich nur selbst, um mich, den Mann, so recht tödlich zu verwunden. Blind war ich – blind in meiner Eigenliebe, vielleicht auch in einem Vertrauen zu Maud, das trotz allem noch in mir lebte. Ich schlug einen andern Ton an. Ich versuchte, ihr zu erzählen, an was ich gedacht hatte, malte ihr die ganze kleine Szene aus, die noch eben meine Gedanken erfüllt hatte, mischte zärtliche Worte mit wahnwitzigen Vorwürfen durcheinander –

Und plötzlich mußte ich verstummen; denn ich hörte Maud lachen. Noch nie hatten meine Ohren ein solches Lachen gehört. Sie lachte kalt und lang, und als sie endlich wieder zu Atem kam, sagte sie nur:

»Ja – so bin ich dereinst zu dir gekommen. Aber so bin ich – weiß Gott – heute nicht mehr.«

Die Worte, die wir darauf wechselten, weiß ich heute nicht mehr. Es waren sinnlose Worte, voller Bosheit und Haß, Worte, die uns beiden herausfuhren, wie der Bestie das Brüllen kommt, wenn Hunger, Liebe oder Haß sie quälen. Nie hätte ich geglaubt, daß zwischen ihr und mir solche Worte fallen könnten. Nie hatte ich – vor dieser Stunde – erfahren, wie weit die Leidenschaft die Bestie, den Menschen, treiben kann. Wir sprachen nicht laut, sondern mit der Stimme, in der man im gewöhnlichen Gespräch spricht. Aber die Worte, die wir wechselten, waren nackt, aller Formen entkleidet – – Worte, wie sie die Verzweiflung dem Menschen erpreßt – allem zum Trotz, was Generationen mühsam an Kultur in uns aufgebaut haben.

Da hörte ich plötzlich auf dem Teppich zwischen uns ein Geräusch. Und als ich aufblickte, stand Harry da. Sein vierzehnjähriges Gesicht drückte eine so unheimlich reife Verzweiflung aus, daß ich verstummte. Zu gleicher Zeit merkte ich, daß auch meine Frau ihn gesehen hatte; und unsere Blicke begegneten sich über den Tisch weg.

»Warum schleichst du dich so herein?« begann sie.

Und es fiel mir auf, wie der Knabe vor ihrem Blick zitterte. Nicht nur die ganz natürliche Angst des Augenblicks lag in dem Blick, den er auf die Mutter richtete. Es war, als fürchte er sie schon lang und als wüßten sie beide etwas, was mir ein Geheimnis war. Beruhigend legte ich die Hand auf Harrys Arm.

»Er hat sich nicht hereingeschlichen,« sagte ich so beherrscht, als ich konnte. »Nicht wahr, Harry? Du bist gekommen, wie immer, weil es schon über acht ist, und weil du mit deinen Aufgaben fertig bist. Wir haben dich nur nicht gesehen.«

Der Knabe nickte heftig zustimmend und versuchte zu antworten. Aber kein Laut kam über seine Lippen. Er wand sich bloß aus meinem Arm los, und näherte sich, trotz der Furcht, die er noch immer deutlich zeigte, zu meiner Verwunderung der Mutter. Ich hatte den Eindruck, als wage er nicht, auch nur den Anschein zu erwecken, daß er mich ihr vorziehe...

Aber Maud erhob sich. Und unbeherrscht, wie ich sie nie unserem Kind gegenüber gesehen hatte, stieß sie den Jungen von sich.

»Geh zu deinem Vater!« sagte sie. »Laß dich von ihm trösten. Sag ihm alles – alles, was du weißt. Alles, was du willst. Ich halt es nicht länger aus.

All das muß ein Ende haben!«

Bestürzt betrachtete ich die zwei. Maud wankte, als hielte sie sich nur mit Mühe aufrecht. Und als ich Harrys Gesicht sah, hätte ich beinah laut aufgeschrieen.

»Was ist das?« rief ich. »Was ist?«

Ich glaube, in dem Augenblick verstand ich alles – alles, was ich erst später erfahren sollte. Ich bin ganz sicher, daß ich es verstand. Ich vermochte bloß die Wahrheit, die da in der Luft um mich her zitterte, nicht zu packen. Ich sah, wie im Gesicht meiner Frau nach und nach eine Veränderung vor sich ging; und ich begriff, daß sie – mit Aufbietung aller ihrer Kräfte – ihre Selbstbeherrschung wiedergewann. Ich sah, wie sie Harry an sich zog, und hörte sie sagen:

»Es ist nichts, Harry. Vergiß, was ich eben gesagt habe. Ich war nur aufgeregt. Ich habe nichts damit gemeint.«

Ich sah das. Und es wurde mir klar, daß sie in diesem Augenblick vor meinen eigenen Augen ihr Geheimnis begrub. Ich ließ es geschehen, und ich gab mich zufrieden damit, daß es geschah. Ohne noch ein Wort zu sprechen, sank ich in meinem Stuhl zusammen, und die beiden, die ich da vor mir sah, wurden unwirklich, als sähe ich sie in einem Traum. Ich vergaß alles; und nur in flüchtigem Schimmer, wie ihn der Traum hinter geschlossenen Lidern vorspiegelt, sah ich Harrys Kopf mit dem kleinen, blassen, scharfen Profil und den kindlichen Lippen, die so heftig gebebt und sich dann unter der Liebkosung der Mutter beruhigt hatten.

Von alledem, was mich noch eben aufgewühlt hatte, vernahm ich nichts mehr als ein schwaches Sausen, als wäre über meinem Haupt ein Gewitter dahingezogen und verschwände eben im All.

So heftig war meine Erregung, daß ich während der ganzen Szene überhaupt nicht mehr daran dachte, daß es Harry war, der, ohne es zu wissen, den Sturm heraufbeschworen hatte. Ich wußte nur, – von dieser Stunde an war alles zerbrochen.

Sechstes Kapitel

Wie war es möglich, daß dieser Auftritt vorübergehen konnte, ohne gleich darauf eine Katastrophe herbeizuführen? Wie ist es überhaupt möglich, daß das, was zwischen Mann und Weib geschieht oder gesprochen wird, vergessen werden, in Vergessenheit sinken kann, als wären die Worte im Traum gesprochen und die Wirklichkeit, die sie deuteten, ein Schatten?

Liegt hierin vielleicht die Erklärung dafür, warum Mann und Weib so fest aneinander gebunden sein können, daß der Außenstehende gar nicht begreift, was sie überhaupt zusammenhält? Genug, genug. Habe ich nicht genug hierüber gegrübelt?

Die Maud, die ich dereinst geliebt hatte, war ja jetzt tot. Jetzt sah ich bloß noch die, die in meinen Zimmern umherging und eine Fremde war. Jetzt dachte ich nur noch an die Worte, mit denen sie Harry zum Schweigen geschreckt hatte: »Geh zu deinem Vater,« hatte sie gesagt, »sag' ihm alles, was du weißt und was du willst. Ich halt' es nicht länger aus. All das muß ein Ende haben.« Es mußte ja doch ein Sinn sein in diesen Worten. So etwas vergißt man ja doch nicht.

Sonst vergißt man ja vieles. Der Alltag verwischt, das ist wahr. Und zwischen uns verwischte er, wie es schien, das, was die Eruption zwischen uns ans Licht gebracht hatte. Ungefähr so, wie ich mir vorstelle, daß es nach einem vulkanischen Ausbruch aussehen muß, so sehe ich jetzt, nun ich darüber nachdenke, alles zwischen Maud und mir. Die Lava bedeckt die Erde. Sie ist glühend heiß. Im Anfang muß man sich hüten, darauf zu treten. So nach und nach aber erstarrt sie, wird fest, trägt ... Sie hält es trefflich aus, daß man darauf herumtrampelt; sie brennt auch nicht mehr. Man braucht nicht mehr auf die Seite zu gehen, um ihr auszuweichen. Fest und trocken deckt sie die Erde; und nachdem sie erst einmal richtig erstarrt ist, denkt keiner mehr an das Wachstum, das sie erstickt hat.

So war es und so blieb es. Darum dachte ich jetzt weniger an Maud als bisher. Statt dessen fing ich an, an Harry zu denken. Durch einen reinen Zufall hatte ich in unserem Gespräch seinen Namen genannt. Es war wirklich wahr, was ich zu Maud sagte: ich hatte es nur getan, um über irgend etwas zu reden, weil das Schweigen zwischen uns mich bedrückte. Und diese kleine Zufälligkeit führte meine Gedanken plötzlich auf Harry.

Ich hatte ihn bisher fast vergessen. Was konnte es wohl sein, was er wußte, und was die Mutter ihn zu sagen aufforderte? Nur zu gut begriff ich, daß die beruhigenden Worte, die sie später geredet hatte, Verstellung gewesen waren, daß gerade in ihrem ersten Ausbruch die Wahrheit lag, die mir verheimlicht werden sollte. Viele Tage waren inzwischen vergangen, und wieder saßen wir nach dem Essen beieinander. Harry ging aus. Maud und ich blieben allein. Jetzt gingen wir einander nicht mehr aus dem Weg. Zwischen ihr und mir war ja alles gesagt. Aber beim Mittagessen hatte sich eine kleine Szene ereignet, eine jener unbedeutenden Szenen, wie sie zwischen Eltern und Kindern vorfallen, und bei denen die Nuance alles ist. Maud hatte dem Jungen einen Verweis erteilt. Sie hatte vollkommen recht gehabt. Er hatte sich eine Unachtsamkeit zuschulden kommen lassen, und es gehört ja zur Erziehung, auch Kleinigkeiten zu rügen. Aber der Ton, in dem sie zu Harry gesprochen hatte, hatte mich frappiert. Die ganze Sache war so unbedeutend, daß ich mich jetzt nicht einmal mehr entsinnen kann, was es eigentlich war. Nur die Miene, mit der Harry seine Mutter betrachtete, sehe ich noch heute vor mir. Trauer lag in seinem Blick, Erstaunen und noch etwas, was ich nicht zu deuten vermochte. Es war, als dächte er: Was habe ich ihr getan? Warum redet sie so hart zu mir? Im übrigen nahm er ihre Zurechtweisung auf, ohne mit der Wimper zu zucken, und bekämpfte tapfer die Tränen. Aber als wir von Tisch aufstanden, ging er schnell in sein Zimmer. Eben dies kleine Geschehnis war der Anlaß, daß Maud und ich jetzt allein waren.

Während des Schweigens, das herrschte, nachdem Harry gegangen war, merkte ich, daß Maud meinem Blick auswich. Zuletzt fragte ich sie geradeswegs:

»Was hast du gegen den Jungen?«

»Nichts. Hast du schon wieder etwas auszusetzen?«

»Ich suche keinen Streit,« antwortete ich. »Aber siehst du nicht selbst, daß der Junge sich vor dir ängstigt? Er ist ja vollständig verändert in seiner Art gegen dich, ja, gegen uns beide.«

Maud stand auf. Mit gesenktem Kopf ging sie langsam im Zimmer auf und ab. Ihr Gesicht konnte ich nicht sehen.

»Du bist entsetzlich, Karsten,« sagte sie endlich. »Du siehst eine Kleinigkeit, und sofort bist du bereit, eine ganze Psychologie auf dieser Bagatelle aufzubauen. Du siehst nicht das, was ist, sondern das, was du sehen willst. Weißt du, ich glaube manchmal, während meiner ganzen Ehe habe ich gekämpft, nicht gegen dich, sondern gegen deine Einbildung.«

Ich fand keine Antwort. Es lag ja eine Wahrheit in ihrer Anklage. Ich bin so, wie sie mich schilderte. Ich weiß ganz genau, daß darin meine Schwäche liegt, und ich habe auch gegen meine Einbildung angekämpft, länger und hartnäckiger, als jemals sie. Denn der Kampf hat mein ganzes Leben lang gedauert. Ich weiß es ganz genau. Aber zugleich fühlte ich auch, daß dieser Vorwurf hier nicht herpaßte. Er machte mich nur für den Augenblick stumm, brach gleichsam jedem Argument, das ich etwa anführen konnte, im voraus die Spitze ab. Aber trotzdem vergaß ich darüber nicht, was ich gesehen und beobachtet hatte.

Immerhin vermied ich es, das Thema wieder aufzunehmen, sondern antwortete statt dessen:

»Ist unsere ganze Ehe ein Kampf gewesen?«

Ich betonte das Wort ›ganze‹. Und meine Frau überlegte einen Augenblick, eh sie antwortete:

»Wenigstens fast die ganze.«

Darauf fügte sie, in einem der plötzlichen Übergänge, die ihr eigen waren, hinzu:

»Ist nicht alle Liebe überhaupt ein Kampf? Der allerblutigste. Ein Kampf auf Leben und Tod. Wenn der Kampf aufhört, so bedeutet das bloß, daß die Liebe tot ist.«

Wieder vermied ich es, das Thema weiterzuführen. Statt dessen dachte ich über meine Frau nach und wie anders sie war, als die meisten Frauen. Alles an ihr schien zwischen Intelligenz und Temperament hin und her zu spielen. Sie konnte über alles reden und besaß etwas von der Bildung eines Mannes. Dabei hatte ihr Wesen etwas vom Charakter des Feuers. Sie konnte aufflammen, brennen und erlöschen. Nur eins vermochte sie nicht mehr: zu wärmen. Was hatte sie verändert? Gehörte sie zu den Rätselvollen, die die Männer an sich locken und dann von sich stoßen? Und war es vielleicht ihre Natur, daß ihr die Mütterlichkeit fehlte?

Ganz kalt dachte ich an alles dies, und als wir zuletzt vom Dienstmädchen unterbrochen wurden, die mich ans Telephon rief, war das Gespräch zwischen uns nicht wieder aufgenommen worden.

Der Kampf zwischen uns war zu Ende. Die Liebe war tot. Und aus ihrer Asche keimte für mich ein neues Interesse, dem ich einsam gegenüberstand.

Siebentes Kapitel

Später hat mir ja Harry alles erzählt. Er hat es mir erzählt mit seinen eigenen seltsamen Wendungen und Ausdrücken, und ich weiß jetzt genau, wie ihm während jener Zeit zumute war.

»Erst als ich alles von Mama wußte,« sagte er, »fing ich an, zu merken, daß du da warst. Vorher hatte ich dich nicht entdeckt.«

Ganz ruhig sagte er mir das einmal. Es war lang nachher. Und wir waren damals schon längst Freunde.

»Vorher glaubte ich nicht, daß ich mit dir reden könnte,« fügte er hinzu.

Und als ich ihn um die Ursache befragte, sagte er nur:

»Du warst ja auf deinem Zimmer. Und wenn du mit Mama sprechen wolltest, mußte ich hinausgehen.«

Besonders unglücklich war Harry nicht. Er hatte nur hauptsächlich Angst vor dem, was geschehen würde. Abends lag er und dachte daran, ob ich nicht eines Tages aus meiner Blindheit erwachen und etwas merken würde. Dann – dachte er sich – würde ich eine Waffe ergreifen und der Mutter etwas zuleide tun. Und dann würde er, Harry, gezwungen sein, ihr zu helfen. Denn er ängstigte sich, wie es mir ergehen würde, wenn ich verhaftet und vor Gericht gestellt würde. Und er konnte nicht begreifen, daß ich nichts sah. Sobald es draußen klingelte, erschrak er. Er ängstigte sich, wenn die Mutter lange ausblieb, ängstigte sich, wenn sie lang allein mit mir zusammen war, ängstigte sich, wenn er sie weinen sah.

Jetzt weiß Papa alles, dachte er dann.

Am allermeisten erschreckte es den Knaben, als er merkte, daß ich mich mit ihm zu beschäftigen begann. Ich tat das damals, weil er mir leid tat und weil ich glaubte, ihm eine Freude damit zu machen.

Aber Harry glaubte, ich ahne das Ganze und sei nur darum freundlich, weil ich durch ihn die Mutter ausspionieren wolle.

An wie viele sonderbare kleine Szenen erinnere ich mich noch! Das Herz krampft sich mir in der Brust zusammen, wenn ich daran denke.

Zum Beispiel eines Abends, als ich unerwartet in Harrys Zimmer trat und ihn allein fand. Er saß im Dunkeln, und ich glaubte, er sähe zum Fenster hinaus. Wie ein dunkler Schatten zeichnete sich der Kopf des Knaben gegen die schwache Helle der Scheibe ab. Ich hatte keine Ahnung von dem, was ihn beschäftigte. Und doch lag über seiner ganzen kleinen Persönlichkeit etwas, was mich stutzig machte. Vorsichtig näherte ich mich ihm. Aber gerade diese Vorsicht erschreckte ihn noch mehr. Er war so tief in seine eigenen Gedanken versunken, daß er meine Anwesenheit nicht bemerkte, bis ich ihm die Hand auf die Schulter legte.

Bei dieser leichten Berührung kroch er förmlich in sich zusammen vor Schreck.

»Wie dunkel es hier ist!« war das einzige, was ich sagen konnte. Ich zündete die Lampe an und wollte auf einem Stuhl neben ihm Platz nehmen. Da bemerkte ich etwas, was mich stutzig machte. Er hatte meine Photographie auf dem Schreibtisch gerade vor sich hingestellt. Die der Mutter aber hatte er nach dem Fenster zugekehrt, mit der Rückseite nach dem Zimmer.

»Was machst du hier im Dunkeln?« entschlüpfte es mir.

Die Worte kamen mir über die Lippen, noch ehe ich es hindern konnte. Harry stellte mechanisch die Photographien an ihren gewohnten Platz zurück; aber sein Gesicht wurde blutrot und seine Hände zitterten. Er wagte ganz augenscheinlich nicht, sich umzudrehen und mir ins Gesicht zu sehen. Später hat er mir gesagt, daß er damals ganz überzeugt gewesen sei, ich wisse alles, und schweige nur, weil ich glaube, er sei ein Kind, das nichts von der Sache verstehe.

Das war gerade das Entsetzliche, daß ich nichts wußte und nichts verstand. Ich ahnte ja damals überhaupt nichts, und wenn ich etwas ahnte, so wollte ich es nicht einmal mir selbst eingestehen.

Und doch hatte schon damals ein anderer meine Stelle bei Maud eingenommen. Sein Name wird in meinem Hause nicht mehr genannt. Wie einen Bruder habe ich ihn geliebt. Er ging bei mir ein und aus. Wenn ich fort war, so war er wie der Herr im Hause. Wenn ich daheim war, hieß ich ihn willkommen. Harry wußte es, das Dienstmädchen dachte es sich. Alle wußten es, außer mir. Darum konnten auch Dinge geschehen, wie daß Harry eines Tages zu mir hereinstürzte mit der Frage, die er geradezu herausschrie:

»Wo ist Mama?«

»Ich weiß nicht,« antwortete ich. »Warum bist du so außer dir?«

Es dauerte eine lange Weile, eh er eine Antwort herauszupressen vermochte:

»Sie ist den ganzen Tag fortgewesen,« sagte er endlich. »Ich habe solche Angst, es könnte ihr etwas zugestoßen sein.«

Und nachdem er dies gesagt hatte, brach der Knabe in ein lautloses, unheimliches Weinen aus, das ihn von Kopf bis zu Fuß schüttelte.

Ich konnte diese namenlose Angst einer Bagatelle wegen nicht verstehen. Jetzt verstehe ich sie. Er wußte, wo sie war, oder dachte es sich. Er hatte auf seinem Zimmer gesessen und auf sie gewartet. Zu mir herein getraute er sich nicht. Er saß und saß, steigerte sich selber immer mehr in seine Angst hinein und stürzte schließlich wie wahnsinnig zu mir.

Als es dann endlich klingelte und Maud kam, klammerte er sich krampfhaft an mich an und bettelte und bat:

»Erzähl' es nicht Mama! Sag nicht, daß ich so dumm war und solche Angst hatte.«

Jetzt weiß ich es ja so gut. Maud hatte ihn durch Drohungen zum Schweigen gebracht, ihn zu ihrem Mitschuldigen gemacht. Sie erklärte es mir einmal später – auf ihre Art.

Es war eine gefährliche Zeit damals. Jaja. Aber die Natur hat viele Wege, uns Menschen zu erziehen. Oder ist es vielleicht Gott, der in uns spricht und uns richtig leitet? Diese Zeit reifte Harry zum Mann. Zuletzt hörte seine Angst auf. Ich kann mir denken, daß es über ihn kam wie ein Zwang. Er mußte sich aufraffen, um nicht ganz unterzugehen. Der Instinkt leitete ihn, wie er uns alle leitet. Er dachte und dachte und dachte. Sich einen Vertrauten zu suchen, das verachtete er. Gerade diese Worte gebrauchte er selbst, als er es mir erzählte. Er stand allein, und allein kämpfte er sich durch.

Ein kleiner Held in der Kinderstube.

Und vielleicht ist das alles gar nicht so seltsam. Viele Kinder haben dasselbe erlebt. Und Erfahrung ist nicht immer Verdorbenheit.

Darum glaube ich, was das Leben mich gelehrt hat – nämlich, daß die Kinder ihre eigene Methode haben, mit uns umzugehen. Nicht nur wir entscheiden, welche Gesprächsgegenstände sich zur Verhandlung zwischen uns und ihnen eignen, was zu wissen sie ein Recht haben und was nicht. Nicht wir Erwachsenen entscheiden, wo die Grenze der Vertraulichkeit zwischen Eltern und Kindern ist. Wenn ich jetzt mit Kindern oder jungen Menschen umgehe, frage ich mich nie: wieviel oder wie wenig wissen sie? Sondern: wie weit reicht die Lust des Betreffenden, mich in seine jugendliche Seele blicken zu lassen? Ich stelle mir vor, die Kinder denken ungefähr so: »Die Großen sehen ihre Welt auf ihre Weise und wollen uns den Eintritt verwehren. Die Großen bilden sich ein, sie könnten nicht über alles mit uns reden, weil wir ihren verwickelten Gedanken nicht zu folgen vermögen. Das sind Dummheiten. Wir vermögen dem Gedankengang der Großen so gut zu folgen, daß wir es sogleich merken, wenn diese Großen in ihrer Klugheit etwas sagen, was darauf berechnet ist, daß wir es nicht verstehen sollen. Da lügen die Großen ganz einfach, oder auch sagen sie nur die halbe Wahrheit. Aber von dieser Art und Weise, uns zu behandeln, läßt sich kein vernünftiges Kind hinters Licht führen. Wir wiederum verstehen ganz gut, daß die Erwachsenen uns nicht teilhaben lassen wollen an ihrer Erfahrung; es ist etwas sehr Wichtiges, worüber sie uns etwas vortäuschen wollen. So viel lernen wir früh genug. Und wir hüten uns wohl, die Großen in ihrer Einbildung, daß wir nichts verstehen, zu stören. Sondern wir verschaffen uns das Wissen, das wir brauchen, auf eigene Faust. Was für Wege wir einschlagen, das ist unser Geheimnis. Aber von der Stunde an, in der wir merken, daß die Großen uns unwissend haben wollen, stellen wir uns auch so. Den Großen gelingt es nie, uns hinters Licht zu führen, wenn sie eines der Geheimnisse des Lebens vor uns verbergen wollen. Aber uns gelingt es immer, den Großen weißzumachen, daß wir nichts wissen. Wer von uns beiden ist also der Klügere? Mit klopfendem Herzen und Bitterkeit in der Seele folgen wir ihrem durchsichtigen Spiel mit uns, sobald etwas geschieht oder gesprochen wird, das wir nicht verstehen sollen. Aber wir verraten uns nicht. Und das tun wir, weil uns die Großen vielleicht einmal, wenn sie selbst es am wenigsten ahnten, von sich gestoßen und uns das Schweigen frühreifer Verachtung gelehrt haben. Darum nehmen wir die Rolle an, die man uns zugeteilt hat und spielen überlegen mit in dem grausamen Spiel. Aber wir tun es nicht aus Notwehr, sondern aus Verachtung. Denn wir fühlen uns überlegen und wissen, daß auch unser Tag kommen wird. Nur ab und zu – ausnahmsweise, strahlt unser Inneres auf und wir werden, so wie wir wirklich sind, auch Erwachsenen gegenüber. Das ist, wenn wir einen Menschen begegnen, der nicht vergessen hat, wie er selber als Kind oder junger Mensch war. Es kommt selten vor. Und darum sind selbst die Kindlichsten unter uns auf der Hut, auch wenn wir ahnen, daß es nicht nötig ist. Das Mißtrauen des Alters gegen die Jugend hat auch uns angesteckt.«

Die Jungen vor dem Leben schützen, das können wir nicht. Wir versuchen es zwar. Aber es ist, als errichtete man Schutzwälle aus Pappe gegen die Sturzwellen der See. Die Wogen spülen die Dämme unserer zahmen Vorsicht fort, und unser Fehler ist es, wenn den Jungen schwindlig wird, sobald die Flut kommt. Denn Erzieher – wie andere Menschen – sind feige, und Feigheit ist eine Todsünde. Die Jugend dankt sie uns nicht.

Lief ich nicht herum und glaubte Harry davor behüten zu müssen, daß er auch nur ahnte, daß es zwischen mir und meiner Frau Mißhelligkeiten gab? Und was alles wußte er! Darüber schäme ich mich, wenn ich daran denke – nicht über meine Blindheit. Meine Blindheit war in jener Zeit die einzige gute Eigenschaft, die mir noch blieb. Aber daß Harry begriff, daß es zwischen mir und Maud nicht so war, wie es hätte sein sollen, das wußte ich doch schon.

Darum sprach ich eines Tages mit meiner Frau darüber, und sie hörte mich auch an. Aber ich merkte wohl, daß meine Worte nicht den Eindruck auf sie machten, den ich beabsichtigte. Ich wußte ja auch nicht, was für einen Kampf Maud damals mit mir kämpfte.

Ruhig sah sie mir ins Gesicht und fragte nur: »Was willst du, daß ich tun soll, um hierin eine Änderung herbeizuführen? Kann ich das Verhältnis zwischen dir und mir wieder zu dem machen, was es einmal war?«

Ich schüttelte den Kopf.

»Nein. Aber könntest du nicht mehr zu Hause sein? Könntest du dich nicht des Jungen annehmen...«

»Nein, nein!« unterbrach sie mich hastig. »Ich lebe bloß einmal. Ich habe bloß dies eine arme Leben. Ich kann es nicht opfern für eine Einbildung.«

»Glaubst du so sicher, daß es eine Einbildung ist?«

»Ich weiß es,« unterbrach sie mich. »Du läufst hier herum und argwöhnst und beobachtest und fürchtest ... Sieh doch die Sache, wie sie ist. Wir erleben, was tausend Menschen vor uns erlebt haben. Ich *kann* nicht untergehen, um Harrys willen. Und er, glaube mir, geht auch nicht unter um meinetwillen.«

Dann fügte sie ruhiger hinzu:

»Du weißt ja, daß ich den Jungen trotzdem lieb habe. Und er mich.«

Da schoß es in mir empor, und ohne Besinnen antwortete ich: »Nein, das weiß ich wirklich nicht.«

Sie blickte zur Seite und schloß die Augen. Ich wußte, ich hatte sie verwundet. Um meine eigene Schwachheit zu übertäuben, schlug ich noch einmal zu:

»Nein,« wiederholte ich. »Dazu bist du nicht genug Weib.«

Da fuhr sie gegen mich los, und mit einer Stimme, wie ich sie noch nie an ihr gehört hatte, sagte sie:

»Du weißt nicht, was du sagst. Wär' es nicht um seinetwillen, so säße ich jetzt nicht hier!«

Auch mich erbitterte die Leidenschaft, wie sie, und ohne auch nur einen Moment zu zögern, antwortete ich:

»Bist du so sicher, daß er dir deine Aufopferung dankt?«

Meine Frau hob zwei zitternde Hände gegen mich auf, als wolle sie mir ins Gesicht schlagen. Im nächsten Augenblick lag sie mit dem Oberkörper über dem Tisch und weinte, maßlos, wie ich sie noch nie hatte weinen sehen. Aber das Weinen war gedämpft und still, wie bei einem Menschen, der nicht gewöhnt ist, seinen Gefühlen freien Lauf zu lassen, und der sich einem Ausbruch überläßt, dessen er sich, mitten in seiner übermenschlichen Qual, schämt.

»Geh!« murmelte sie. »Geh! Nicht weiter jetzt!«

Die Komödie ward ihr zu ekelhaft. Sie war nahe daran, sich zu verraten.

Achtes Kapitel

Eines Abend saß ich müder als gewöhnlich, in meinem Stammcafé, wie ich in Gedanken den wenig beneidenswerten Zufluchtsort genannt hatte, den ich in dem früher erwähnten kleinen Restaurant gefunden hatte. Ich blieb länger als sonst sitzen. Weshalb sollte ich auch nach Hause gehen? Wenn ich hier saß, hatte ich Ruhe. Die Gedanken schliefen ein. Wenn ich nach Hause ging, mußte ich es vermeiden, Maud zu sehen, weil sie mich beunruhigte. Allein die Tatsache, daß sie in meiner Nähe war, brachte mein ganzes Nervensystem in Unordnung. Ich reflektierte weiter nicht mehr darüber. Ich wußte bloß, es war so. Und ich richtete mich darnach.

Darum blieb ich sitzen, las eine Zeitung nach der andern und ließ die Stunden verstreichen. Rings um mich her wurde das Gas ausgelöscht. Einsam saß ich bei der letzten Flamme und überflog gedankenlos die Annoncenspalten einer riesigen Zeitung. Es war schon fast ein Uhr, als ich endlich auf die Straße trat.

Und jetzt komme ich zu meinem Abenteuer – einem seltsamen, unheimlichen Abenteuer, das ich in jener Zeit erlebt habe. Noch kann die Erinnerung daran wie ein Gespenst vor mir auftauchen, in den Winternächten, wenn die Kälte ans Fenster pocht und das Nordlicht über den Bergen flammt.

Ich ging direkt nach Hause. Überall lagen die Straßen leer. Es war eine jener Stockholmer Winternächte, in denen die Stadt wie ausgestorben aussehen kann. Ich gehe und gehe, und je näher ich meinem Ziel komme, desto mehr packt mich eine Unlust. Ein ganz eigentümliches Unlustgefühl, als wäre ich nicht allein, oder als erwartete mich etwas Unangenehmes.

Wie ich weitergehe, merke ich auch, daß ein Mensch im Dunkel hinter mir auftaucht und meinen Schritten auf der andern Seite der Straße folgt. Im Anfange achtete ich nicht weiter auf ihn. Aber als ich die Kardellstraße überschritt, um zu meiner Haustür zu gelangen, glaubte ich zu fühlen, daß jemand dicht hinter mir ging. Obgleich ich angestrengt lauschte, konnte ich doch nichts hören. Mit rascheren Schritten, als notwendig war, ging ich weiter, öffnete das Sicherheitsschloß an der Tür und drehte mich um. Die Straße war leer; der Mann schien verschwunden. Beruhigt trat ich in den Flur und wollte eben die Tür schließen, als plötzlich ein Geräusch auf den Steinen erklang, und als ich die Tür zuschieben wollte, ging sie nicht. Ich fühlte augenblicklich, daß jemand den Fuß dazwischen gestemmt hatte, und als ich hinaussah, stand ich dem Mann gegenüber, der mir vorhin gefolgt war.

Ich fühlte, wie mir der Schweiß aus allen Poren brach; und überzeugt, daß ich es mit einem Verbrecher zu tun hatte, sagte ich kurz:

»Nehmen Sie den Fuß weg.«

Der Mann rührte sich nicht vom Fleck, sondern antwortete bloß:

»Ich wußte nicht, daß es der Herr Doktor war.«

»Ich bin kein Doktor,« antwortete ich ärgerlich.

Aber der Mann zog seinen Fuß nicht zurück und die Tür ging nicht zu.

In diesem Augenblick fiel mir etwas ein, was Maud einmal gesagt hatte: Dir passieren doch auch immer die unglaublichsten Dinge.

Im selben Moment hörte ich die Stimme des Mannes sagen:

»Wenn der Herr kein Doktor ist, so ist der Herr doch immerhin ein Mensch.«

Ich trat hinaus aufs Trottoir und langte instinktiv nach meinem Portemonnaie. Aber der Mann machte eine abwehrende Gebärde.

»Ich bin kein Bettler. Und auch kein Räuber,« fügte er höhnisch hinzu. Der Ton, in dem er diese Worte sprach, erregte meine Aufmerksamkeit. Als ich ihn genauer betrachtete, sah ich außerdem, daß sein Gesicht krampfhaft zuckte und daß er am ganzen Körper zitterte. Der matte Schein der Gaslaternen erleuchtete dies blasse Gesicht; es war das Fürchterlichste, was man sehen konnte. Jedoch – ich war müde und gereizt, und aus purer Nervosität sprach ich lauter als notwendig:

»Sie haben mich doch die ganze Zeit verfolgt...«

Er schüttelte den Kopf.

»Nein, nein,« antwortete er. »Ich habe den Herrn Doktor nicht verfolgt.«

»Nicht? Im übrigen bin ich kein Doktor, wie ich Ihnen schon gesagt habe.«

Er schien mich nicht zu verstehen.

»Nein,« wiederholte er mechanisch. »Ich bin eben erst gekommen.«

Ich wandte mich um und deutete nach der Sturestraße.

»Kommen Sie von dort her?«

Des Mannes Gesicht erstarrte bei meiner Frage.

»Ich weiß nicht,« erwiderte er. »Ich weiß nur, daß ich eben erst gekommen bin.«

»Was wollen Sie denn?« wandte ich ein. »Sie müssen mit mir kommen, Herr, um Gottes Barmherzigkeit willen. Sonst stirbt sie.«

»Von wem sprechen Sie?«

»Von meiner Frau.«

Der Sprechende war ein Arbeiter, und die letzten Worte klangen wie ein Seufzer, der einem bösen Gewissen entschlüpft. Lang, hager, hilflos stand er vor mir; sein Gesicht schimmerte in dem unsichern Laternenschein wie ein Lichtfleck im Dunkel. Seine Stimme klang so flehend und zugleich so verzweifelt, daß ich es nicht einmal übers Herz brachte, noch weitere Fragen zu stellen. Ich ließ die Flurtür wieder zufallen. Sobald der Mann das sah, richtete er sich auf, als habe das Einschnappen des Schlosses ihm seine Spannkraft wieder gegeben.

»Kommen Sie!« sagte er kurz.

Noch einmal versuchte ich ein paar Einwendungen zu machen.

»Wenn Ihre Frau krank ist, müssen wir einen Doktor herausklingeln.«

»Nein,« flüsterte er, »nein, keinen Doktor. Es ist etwas ganz anderes, wissen Sie. Habe ich gesagt, sie stirbt? Nein, sie stirbt nicht. Es ist etwas ganz anderes. Es ist nur das – – ich kann nicht allein sein.« »Und da wenden Sie sich an mich – an einen wildfremden Menschen?«

Der Mann zitterte am ganzen Körper und strich sich über den Bart. Es lag etwas von der Hilflosigkeit eines Kindes in dieser Gebärde.

»Es wird wohl so sein,« antwortete er.

Das völlig Sinnlose dieser Antwort sagte mehr als alle Erklärungen. Ohne zu antworten, nickte ich ihm zu und wir schritten miteinander durch Humlegården. Wie hypnotisiert folgte ich dem Mann. Nicht einmal das Seltsame dieses Abenteuers kam mir zum Bewußtsein. So ganz naturnotwendig war alles gekommen.

Wir bogen in den Teil von Stockholm ein, dem man den Namen Sibirien gegeben hat. Straße um Straße schwand hinter uns im Dunkeln, immer wieder bogen wir in neue Seitengassen ein, und die ganze Zeit über redete mein Begleiter. Er befand sich in einem Aufruhr, der mich auf ganz eigentümliche Weise beunruhigte. Er ging rasch, mich belästigte mein Winterüberzieher, und ich fühlte, wie mir der Schweiß aus allen Poren brach. Die ganze Zeit über tönte mir der Wortschwall des Mannes in den Ohren. Er beugte sich zu mir nieder, als fürchte er sich davor, laut zu sprechen. »Es ist schwer für einen Arbeiter,« sagte er, »wenn der Tod kommt. Sie können sich das nicht vorstellen. Da ist so vieles, was angeschafft werden soll. Der Sarg und der Leichenwagen und die Aufwartung für die Gäste, die zum Begräbnis kommen. Man braucht Geld, und wir haben nie Geld. Im besten Fall haben wir knapp, daß es von einer Woche auf die andere reicht. Und woher sollen wir das übrige nehmen? Dann kommt der Kummer, Herr. Und mitten im bittersten Kummer soll man arbeiten, arbeiten, arbeiten. Man hat keine Zeit, ein bißchen auszusetzen und aufzuatmen. Es geht nicht. Sonst muß man hungern. Und die, die von unserem Wochenlohn abhängen, müssen auch hungern. Andere Menschen machen sich frei, schließen sich mit ihrem Jammer ein, reisen in fremde Länder und zerstreuen sich. Wenn zu ihnen das Leid kommt, ist ihnen alles erlaubt und alles möglich.«

Er blieb stehen und schöpfte tief Atem.

»Sie sagten ja doch, sie sei nicht am Sterben,« unterbrach ich ihn.

»Nein, nein!« entgegnete er. »Das ist sie auch nicht. Aber man denkt an so vieles.«

Er lachte in sich hinein, ein leises unangenehmes Lachen. Darauf schob er seinen linken Zeigefinger unter meinen Rockkragen und lächelte – ein bleiches, müdes Lächeln.

»Ich weiß schon, wie es ist,« fuhr er fort. »Ich bin auf dem Land geboren; mein Vater war Herrschaftskutscher. Ich weiß noch aus meiner Kindheit, wie die Baronin starb und begraben wurde. Ich weiß noch, wie die Leute erzählten von dem Kummer des Barons und wie er es zu Hause nicht mehr aushalten könne. Darum reiste er auch fort, und es dauerte ein ganzes Jahr, eh er zurück kam. Alles das weiß ich noch, aber am deutlichsten weiß ich noch, wie ich ihn damals zum ersten Mal wiedersah. Ich hatte meinem Herrn das Gatter geöffnet und stand nun mit der Mütze in der Hand da und wartete darauf, daß er mir einen Groschen zuwerfen sollte. Das tat er auch. Aber ach – ach – ach! Er sah genau so aus, wie vorher, und trotzdem ich ein Kind war, merkte ich mir das und fand es sonderbar.«

Er ließ seine Hand von meinem Pelz sinken und glitt langsam weiter. Es war, als gehe er immer langsamer, je näher wir seinem Heim kamen oder dem armseligen Winkel, den er so nannte. Mein ganzes Ich war wie verzaubert von diesem seltsamen Mann. So intensiv war seine Trauer und so rührend kam er mir vor in seiner hilflosen Redseligkeit. Es war, als könnte ich ihn nicht stören, sondern müßte meine Nacht für ihn drangeben.

Jetzt schwieg er eine Weile, und es klang wieder, als lache er still vor sich hin – dasselbe leise, tonlose Lachen wie vorhin, das durch seine Stummheit doppelt beklemmend wirkte.

»Gerade ist mir die Szene wieder eingefallen,« begann er wieder. »Sie, der Sie ein studierter Mann sind – denn das sind Sie doch wohl – wissen Sie, wie das kommt, daß so etwas nach vielen, langen Jahren wieder in der Erinnerung auftauchen und umherspuken kann?

Es ist übrigens komisch mit mir. Immer kommen mir so viele Erinnerungen. Ich bin Straßenarbeiter. Und ich habe manchmal gedacht, es kommt alles daher. Ein Straßenarbeiter hat ja nie feste Einnahmen. Denken Sie sich das einmal – nie. Eine Weile verdient man; und da müßte man natürlich sparen. Man denkt auch daran, wissen Sie. Immer und ewig. Es ist, als ob einem jemand in die Ohren tutete: ›Wart nur! Wart nur! Heut hast du dein Brot! Morgen hast du nichts.‹ Und doch wird nie etwas aus dem Sparen. Was man verdient, geht drauf. Da ist die Frau und die Kinder und der Haushalt. Kleider und Möbel und alles, was gekauft werden soll. Immer fehlt etwas. Und dann muß man das, was man verpfändet hat, wieder auslösen. Und die ganze Zeit tutet es: ›Wart nur! Eines schönen Tages ist's aus‹!«

Jetzt blieb der Mann stehen und drückte sich vorsichtig gegen eine Haustür, die offen stand. Wir kamen auf einen tiefen, dunkeln Hof, auf dem völlige Finsternis herrschte. Nur hoch oben auf der andern Seite des brunnenartigen Häuserkomplexes schimmerte ein Lichtschein gegen den Winkel der Mauer.

»Dort oben ist es,« flüsterte er. »Aber es ist besser, wir gehen noch nicht hinauf.«

»Was meinen Sie damit?« unterbrach ich ihn zum zweiten Mal. Des Mannes Benehmen und Aussehen, seine Gebärden und seltsamen Reden erregten in mir ein unerklärliches Gefühl des Grauens. »Wir wollen so schnell als möglich hinauf gehen. Vielleicht ist Ihre Frau noch zu retten, und wenn wir zögern, kommen wir zu spät.«

»Glauben Sie?« erwiderte der Mann zaudernd. »Ich glaube nicht, daß sie zu retten ist. So wenig wie ich. Aber man möchte ja alles tun, um sein Gewissen zu beschwichtigen, wenn einmal alles vorüber ist. Darum wollte ich auch den Doktor holen. Ich habe Geld. Ich kann den Doktor bezahlen.«

»Aber ich bin ja kein Doktor,« unterbrach ich ihn verzweifelt.

Der Mann betrachtete mich wieder – neugierig, wie es mir vorkam. Dann schien es, als falle ihm plötzlich etwas ein. Geheimnisvoll flüsterte er mir ins Ohr:

»Ich habe bei einem Doktor angeläutet. Aber ich wagte nicht zu warten, bis jemand herunterkam. Ich sprang fort und versteckte mich, lief straßauf und straßab. Bis der Herr und ich einander getroffen haben.«

Er nahm den Hut ab, wie um sich abzukühlen, und ich sah im Dämmerlicht, daß er kahl war. Der Kopf glänzte förmlich im Dunkeln, und die Augen funkelten wie die eines Irrsinnigen.

»Hören Sie, Freund,« sagte ich. »Hier gibt es keinen Doktor. Um Geld handelt es sich nicht, wenn es das ist, was Sie beunruhigt. Lassen Sie mich gehen! Und warten Sie eine Stunde daheim, dann werde ich dafür sorgen, daß ein Arzt zu Ihnen kommt.«

»Nein, nein!« rief er heftig. »Es ist nötig! Geld ist nötig! Aber Sie müssen ein bißchen warten. Ich muß Ihnen so vieles sagen. Und ich habe erst so wenig gesagt.«

Er beugte sich nieder und murmelte mit den Lippen dicht an meinem Ohr:

»Haben Sie je den neurasthenischen Arbeiter gesehen, Herr?«

Ich trat hastig zurück. Ich war einem Blick begegnet, der mich geradezu ins Auge zu stechen schien. Und zu gleicher Zeit wunderte ich mich über das wissenschaftliche Wort im Munde des Arbeiters.

»Ich merke, Sie haben ihn nie gesehen,« fuhr der Mann fort. »Der neurasthenische Arbeiter – das bin ich. Kein anderer als ich. Viele, viele außer mir. Hunderte von Arbeitern. Tausende von Arbeitern. Arbeiter und Nicht-Arbeiter. Vielleicht alle Menschen, wenn man's genau betrachtet. Sie sind ein studierter Mann, wenn Sie auch kein Doktor sind. Nachdem ich Ihnen das gesagt habe, weiß ich, Sie verstehen mich.

»Jetzt kommen Sie!«

Damit ging er langsamen Schritts zu einer schmalen Treppe, die ins Innere der schlafenden Mietskaserne emporführte. Indem er mich mit festem Griff am Arm packte, damit ich ihm nicht entwischen sollte, zog er mich im Dunkeln hinter sich her und hinauf.

Neuntes Kapitel

Wir standen nebeneinander in einem sehr niedrigen Raum mit auffallend nackten Wänden. Man konnte fast sagen, er sei leer. Es sah so aus, als ob buchstäblich jede Kleinigkeit, die überhaupt nur entbehrlich war, aus dieser nackten, schmutzigen Stube weggetragen worden wäre. Auf einem Lager am Fenster lag ein Weib mit offenen Haaren und gebrochenem Blick. Man hatte sich nicht einmal Zeit genommen, ihr die Augen zu schließen. Beim ersten Blick sah ich, daß sie tot war.

»Pst!« sagte der Mann an der Tür, »pst! wecken Sie sie nicht!«

Ich wandte mich um und sagte ihm gleich, was ich dachte. Zu meiner Verwunderung zeigte er weder Überraschung noch Trauer. Sein Blick begegnete dem meinen; es lag etwas Forschendes und Scharfes darin, was mich mißtrauisch machte.

»Haben Sie eine Ahnung, an was sie gestorben ist?« fragte ich.

»Es ist gefährlich, das zu untersuchen,« antwortete der Mann.

Damit richtete er sich auf und sagte in unfreundlichem, formellem Ton:

»Ich habe vergessen, mich vorzustellen. Mein Name ist Johansson, Karl Axel Johansson, Straßenarbeiter.«

Ich nickte. Die Worte klangen so grotesk mitten in dies seltsame Schweigen angesichts einer Toten hinein. Immer weniger begriff ich, weshalb mich der Mann mit sich gelockt hatte oder was er von mir wollte. Ohne weitere Worte näherte ich mich dem Bett und schloß der Toten die Augen. Als sie zusanken, hörte ich hinter mir einen Laut wie ein Schluchzen. Aber als ich den Mann ansah, wandte er mir ein gleichgültiges, beinahe apathisches Gesicht zu und sagte in weichem Ton – ganz ungleich seiner sonstigen Stimme:

»Es ist das beste, daß sie tot ist. Glauben Sie nicht, Herr?«

»Für sie selbst vielleicht,« antwortete ich.

»Für uns beide,« sagte der Mann bestimmt.

Damit ging er zum Lager hin, schob mich fast mit Gewalt beiseite und zog einen Stuhl herbei. Und eh ich noch wußte, wie mir geschah, saß ich auf diesem Stuhl und vor mir stand der seltsame Mann und weinte wie ein Kind. Ob er geistig gestört war oder unglücklich – oder alles beides – – es war unmöglich, daraus klug zu werden. Ich saß und dachte an die Stadt, in der ich nun so lang schon lebte, und deren Straßen und heiteres Menschengetriebe mir unablässig ihre Geschichten ins Ohr gesummt hatten. Dieser Geschichte glich keine. Kommt es daher, weil du selber früher zu glücklich warst, daß du davon nichts gesehen hast? fragte ich mich. Eine ganze Weile konnte ich nicht sprechen. Aber als ich endlich versuchte, ein paar der nichtssagenden Worte zu äußern, mit denen wir Menschen uns den Schmerz anderer vom Leib halten, hörte der Mann auf zu weinen und begann mit einer Stimme, die ruhig und klar war, als wäre nichts geschehen, von neuem zu reden:

»Ich habe draußen vor Ihrer Haustür gelogen, Herr, als ich sagte, meine Frau liege im Sterben. Sie war schon tot, als ich von daheim wegging. Ich wußte es wohl. Kein Doktor brauchte es mir zu sagen. Und auch sonst niemand. Es war nur Wahnsinn, als ich bei dem Doktor anläutete. Ich wußte es wohl. Darum lief ich auch davon.«

Er lachte auf und fuhr fort:

»Kein Doktor kann ihr mehr helfen. Ich habe auch gelogen, als ich sagte, ich sei fortgegangen, um einen Doktor zu suchen. Ich bin überhaupt nicht fortgegangen, um irgend jemand zu suchen. Ich bin fortgegangen, weil ich nicht allein sein konnte. Als wir uns trafen, war ich schon zwei Stunden lang im Regen herumgelaufen. Ich konnte nicht nach Hause. Denn ich hatte Angst vor dem Alleinsein. Ich hatte Angst, die Polizei würde mich holen.«

»Die Polizei?« unterbrach ich ihn. »Was hat die Polizei damit zu tun?«

Ich betrachtete den Mann vor mir plötzlich mit ganz andern Augen als bisher. Aber ich stand nicht von meinem Stuhl auf, sondern fuhr nur fort, ihn unverwandt zu betrachten, wie er da vor mir stand.

»Die Polizei hat nichts damit zu tun,« antwortete der Mann. »Gar nichts. Aber die Polizei mischt sich trotzdem in die Angelegenheiten der Armen – auf eine Art, die Sie nicht kennen. Ich könnte Ihnen darüber viel erzählen, wenn ich wollte. Aber das gehört nicht hierher. Das Wort ist mir nur so entschlüpft. Wir reden ja so viel, wir Neu-ra-sthe-niker.«

Er sprach das Wort mit einer Grimasse aus, als könne er sich von etwas Widerlichem befreien, wenn er es so recht hinausspuckte.

»Ich habe einmal so etwas gelesen. Und das vergesse ich nie wieder. Es paßte gerade auf mich. Jedes Wort, das ich las, paßte auf mich.«

Aber jetzt unterbrach ich ihn in vollem Ernst.

»Hören Sie mich an,« begann ich. »Sie sind in einem überreizten Zustand. Sie brauchen jemand, der Ihnen hilft. Allein hier bleiben mit der Toten können Sie nicht. Sie brauchen Ruhe. Kommen Sie mit mir, so werde ich dafür sorgen, daß Sie für die Nacht an einem ruhigen Ort untergebracht werden. Und morgen...«

Der Mann erhob heftig beide Hände und antwortete mit energischem Ton:

»Ein ruhiger Ort. Es gibt nur *einen* ruhigen Ort für die Armen. Nein. Es geht nicht. Und überhaupt – sie erlaubt es nicht.«

Ich wollte mich vergewissern, ob ich recht gehört hätte, und fragte darum vorsichtig:

»Wer?«

»Meine Frau natürlich,« lautete die Antwort. »Oder sie, die meine Frau war. Wer denn sonst?«

Darauf lehnte er sich müde gegen den erloschenen Ofen. Im Schein der kleinen Petroleumlampe kroch der lange Schatten seines gebeugten Nackens und Rückens bis hinüber ans Bett.

»Gehen Sie noch nicht, Herr« sagte er. »Gehen Sie noch nicht. Ich bin ja doch auch ein Mensch, wie Sie. Nicht oft wird jemand Sie so inständig angefleht haben, zu bleiben, Herr, wie ich jetzt.«

Wir verstummten beide und eine lange Weile hörte ich kein anderes Geräusch als das schwere Atmen des gebrochenen Mannes neben mir. Ich war müde, aber ich vermochte mich nicht loszureißen. Im ganzen Wesen des armen Verbrechers lag eine Verzweiflung, die ich nicht das Herz hatte, zu stören. Denn daß er auf die eine oder andere Art ein Verbrecher war, diese Überzeugung gewann ich mehr und mehr. Doch war in seinem ganzen Wesen nichts, das mir Unruhe für meine eigene Person einflößte. Und meine Nachtruhe hatte ich längst drangegeben.

Um seinen Gedanken zu Hilfe zu kommen, unterbrach ich schließlich die Stille mit einer Frage:

»Was meinten Sie damit, als Sie sich den neurasthenischen Arbeiter nannten?«

Der Angeredete fuhr aus seiner gebeugten Stellung auf. Er war vom Ofen auf einen Stuhl geglitten, der dicht neben ihm stand, und als sein Blick jetzt dem meinen begegnete, glich sein Ausdruck dem eines Menschen, der plötzlich aus dem Schlaf geweckt wird.

»Es gibt so viele Theorien in unsern Tagen,« begann er, »und so viele Menschen, die sich irre leiten lassen. Sehen Sie dorthin – auf das Bett. Dort liegt ein Weib, das tot ist. Sie war meine Frau und nie war zwischen uns etwas anderes als Gutes. Das müssen Sie glauben, und wenn die ganze Welt käme und Ihnen etwas anderes sagte. Es gibt ja Menschen, die immer Böses denken, und nie etwas anderes sehen als Schlechtes. Solche Menschen könnten gewiß auch erzählen, daß ich trank und meine Frau schlug, daß meine Kinder fort mußten – zur Großmutter – damit sie nicht all das Häßliche sehen sollten, das hier vor sich ging. Solche Menschen haben böse Augen, und böse Augen haben auch auf uns gesehen.«

Während er sprach, schien es, als ob ganz andere Gedanken als die, die er aussprach, sich in seinem Gehirn regten. Er stand plötzlich auf, und es sah aus, als wolle er zum Bett hinübergehen. Und das jagte mir ein plötzliches Grauen ein. Seine Gebärden erweckten in mir den ganz bestimmten Eindruck, daß da etwas verborgen war, was er mir zeigen wollte. Ich war in einer entsetzlichen Spannung. Aber es war unmöglich, den Mann zur Eile anzutreiben oder seine Suada zu unterbrechen. Mit aufs äußerste angespannten Nerven achtete ich auf jede seiner Mienen, jede seiner Gebärden, jedes seiner Worte.

Statt an das Lager zu treten, ging er wieder durchs Zimmer zurück und blieb einen Augenblick an der Tür stehen. Darauf nickte er mir, gleichsam beruhigt, zu und begann aufs neue:

»Es ist ein furchtbares Haus, Herr, Sie können es mir glauben. Vom Boden bis zum Dach wohnen Menschen. Es mögen hundert sein oder auch tausend. Ich habe sie nie zählen können. Ich habe es versucht. Ich habe alle aufgeschrieben, die ich hier habe wohnen sehen. Aber es nimmt nie ein Ende. Immer kommen neue. Es sind schlechte Menschen – alle miteinander. Entweder sind sie im Zuchthaus gewesen, oder sie sehen so aus, als könnten sie jeden Augenblick hinkommen. Männer und Frauen und Kinder. Von den Kindern will ich nicht reden. Was für Laster ich gesehen habe, was für Szenen, was für Elend! Ich sehe es Ihnen an – Sie glauben, ich übertreibe, Sie glauben, mein Gehirn sei krank. Das ist es auch. Und wissen Sie, warum? Darum, weil ich nie etwas anderes gesehen habe, als das, was man in diesem Hause sieht, und weil Sie mich gebeten haben, Ihnen zu erklären ... Gott im Himmel – was will das sagen – erklären? Können Sie erklären, warum Sie auf den Füßen gehen und nicht auf den Händen? Sehen Sie – Sie können es nicht. Und doch wollen Sie, ich soll Ihnen erklären, was ich gemeint habe mit meinen Worten, ich sei der neurasthenische Arbeiter! Hören Sie mich an, Sie, der Sie nicht neurasthenisch sind. Denn Sie sind ja wohl, wenn man's genau betrachtet, nicht so wie ich? Seit vielen tausend Jahren geben sich die Menschen Mühe, die Welt und sich selber zu erklären. Sie schreiben Bücher und halten Reden. Sie zerreißen einander, weil der eine nicht an die Erklärung des andern glauben will. Sie führen Krieg, weil keine andere Erklärung als ihre eigene gelten soll. Aber was hilft es? Gibt es in unserer Zeit, die doch die alleraufgeklärteste sein soll, die es je gegeben hat, einen einzigen Menschen, der auch nur weiß, ob es wirklich einen Gott gibt? Gibt es einen solchen Menschen? Antworten Sie mir, im Ernst, Herr – gibt es einen? Denn zu dem möchte ich gehen und ihn bitten, er soll mich nicht anlügen, wie alle die andern. Ich begehre kein ewiges Leben. Ich will überhaupt nichts. Ist das kurze Leben, das ich gelebt habe, nicht lang genug gewesen und hat mir Elend genug gebracht? Aber einen Gott will ich! Denn ein Gott müßte den Menschen Gerechtigkeit geben. Und Gerechtigkeit – die brauche ich. Alle Menschen brauchen Gerechtigkeit. Aber keinem wird sie zuteil.«

Er stöhnte schwer und hob die Arme zur Decke empor, als glaube er, er spräche zu einer Volksmasse. Eine unbeschreiblich groteske Komik lag über der hageren schmächtigen Gestalt und dem schmalen Gesicht, aus dem die gebogene Nase über den struppigen Bart hervorstand.

»Wie können Sie verlangen, daß ich Ihnen mein eigenes Ich erkläre?« fuhr er ruhiger fort. »Ist es leichter für mich, mein kleines Rätsel zu erklären, als es für die Welt ist, ihr großes zu erklären? Sehen Sie, wie gedankenlos Sie fragen, und wie ungerecht viel Sie von einem armen Tropfen wie mir verlangen?«

Er schöpfte Atem. Aber nur einen Augenblick. In der nächsten Sekunde beugte er sich zu mir und flüsterte:

»Erklären kann ich nicht. Aber ich kann erzählen. Hätt' ich etwas anderes gelernt, als Steine klopfen, so hätte ich auch Bücher schreiben können. Die Bücher erklären ja auch nichts. Aber sie erzählen viel. Gerade wie ich. Wissen Sie, wie es hier im Winter aussieht? Die Kälte kommt, und es wird dunkel auf den Straßen. Nur die Laternen erleuchten die Menschengräber hier, in denen wir umeinander herumlaufen und nach Brot suchen – als wüßten wir nicht, daß wir nur zum Verwesen da sind. Dann kommt das Eis. Kälte und Regen machen Eis. Und damit hört die Arbeit auf, sehen Sie. Das weiß man. Wenn man das ein paar Jahre lang mitgemacht hat, so weiß man, jetzt kommen die arbeitslosen Monate, die Monate, in denen der Arme von nichts leben muß. Da geht man zum Wohltäter der Armen – dem Pfandleiher. Er nimmt die Uhr und die Sonntagskleider, das Geschirr und die Betten. Es geht wie geschmiert. Alles, was im Hause ist, nimmt er und hebt es den Winter über auf. Daheim wird's leer. Tag um Tag vergeht. Und man wartet – wartet darauf, daß die langen Monate ein Ende haben und die Sklaverei von neuem beginnt. Man ist ja doch ein freier Arbeiter, zum Teufel! Frei, bis der Genossenschaftsruf ertönt und zum Streik ruft. Da ist man dabei, Herr – das sag' ich Ihnen! Nicht weil ich glaube, daß man etwas gewinnt. Aber man ist doch dabei. Denn es ist immerhin eine Art Kampf. Und Kampf – das ist's, was man braucht, wenn man nicht aus Mangel an Bewegung und Luft umkommen will.

Aber wenn der Frühling kommt, da heißt's, von vorn anfangen. Und die, die über den Winter weggekommen sind, gehen wieder zum Wohltäter der Armen, der ihr Eigentum in Gewahrsam hat. So nach und nach holt man seine Sachen zurück, und während man die kleinen blauen Fetzen abzahlt, die der Wohltäter aufbewahrt hat, hungert man und arbeitet und arbeitet und hungert. Und so etwas soll man vergessen. Ja ja. Man vergißt ja auch manchmal. Das ist ein Rätsel – noch größer als alle andern.«

Wieder sank der Mann auf dem Stuhl zusammen, und die Worte kamen über seine Lippen, als habe er vergessen, daß ein Zuhörer da war.

»Aber wenn man es ein, zwei, drei Jahre durchgemacht hat, so vergißt man es nimmer. Dann kommt eine Zeit, in der man nicht vergessen kann. Und im besten Fall sitzt immer die Angst in einem. Die Angst vor dem Hunger, der Arbeitslosigkeit, den Selbstmordgedanken. Denn das ist doch klar – wenn man keine Arbeit hat, so denkt man an Selbstmord. An was sollte man sonst denken? Gott – – der ist ja doch nirgends. Man ist krank im Gemüt – – immerfort – immerzu – – Tag um Tag – Nacht um Nacht. Schlafen kann man auch nicht. Es klingt so schön, wenn es heißt, wie der Arbeiter müde nach Hause kommt, sich an Weib und Kind erfreut, sich satt ißt an dem einfachen, gesunden Essen und sich dann zur Ruhe legt, um neue Kräfte für die Arbeit des morgigen Tags zu sammeln. Ich hab' auf meinem Bett gelegen und gehört, wie sie leise um mich herumschlichen, weil sie glaubten, ich schliefe. Ich schlief nicht. Ich schloß nur die Augen, um nichts zu sehen. Weder Frau noch Kinder konnten wissen, daß ich meine Hände zusammenkrampfte und in der Betäubung des Hungers mit mir kämpfte, um nicht aufzufahren und sie in der Raserei alle zu erschlagen. Gehaßt habe ich sie, so wie ich mich selber haßte. Und das will viel sagen. Hätte ich jemand gehabt, den ich hätte umbringen können – ich hätt' es getan. Hätte vielleicht nachher voll Reue geweint. Ich glaub' es. Aber zugeschlagen hätt' ich.«

Während der Mann sprach, sah ich mich im Zimmer um. Mir war, als hätten mich diese Wände mit ihrer häßlichen, billigen Tapete schon seit Wochen umschlossen. Unbewußt prägte sich jede Einzelheit der kleinen Stube meinem Gedächtnis ein. Noch heute sehe ich das Muster der Tapete – die schrägen, breiten Felder und mattgrünen Blumen. Mein Beschluß, den armen Mann nicht zu stören, befestigte sich. Wenn ein Mensch in einem solchen Aufruhr ist, so kann ein anderer ihm nur durch Schweigen helfen. Das wußte ich. Aber die erregte Stimmung des Fremden ward mir zuletzt übermächtig. Ich wollte endlich seinen Einfluß abschütteln und gehen. Darum unterbrach ich ihn plötzlich mit den Worten:

»Haben Sie denn nie Gelegenheit gehabt, sich gehen zu lassen? Oder – wie Sie sich ausdrücken – loszuschlagen? Sie haben übrigens ganz recht – so etwas kann eine Erleichterung sein.«

Der Mann blickte verwirrt zu mir auf. Wieder glich sein Gesicht dem eines Schlafwandlers. Ohne zu antworten ging er hin zum Bett und riß die Decke zur Seite.

Zu meinem unaussprechlichen Entsetzen sah ich, daß die Betttücher blutig waren, und obgleich mir ein innerer Instinkt die ganze Zeit über gesagt hatte, daß die Frau, die da lag, keines natürlichen Todes gestorben, daß der Mann augenscheinlich der Mörder der Frau und daß sein ganzes seltsames Auftreten nichts anderes war als die Verzweiflung eines Halb-Wahnsinnigen unmittelbar nach einer in Geistesgestörtheit begangenen Tat – – wirkten dennoch seine Worte und was ich sah als eine unheimliche Überraschung auf mich. Im Nu war ich vom Stuhl aufgesprungen, und einen Moment lang betrachteten wir zwei Lebenden einander, als warteten wir darauf, wer von uns den ersten Schritt tun und den andern an der Gurgel packen würde.

Aber schon im nächsten Augenblick war meine Überraschung verschwunden. Die Szene vor mir kam mir plötzlich natürlich und einfach und alltäglich vor. Eben dadurch ward sie um so grauenhafter.

»Warum haben Sie das getan?« fragte ich in atemloser Spannung. Ich wartete auf die Erklärung des Rätsels, die Erklärung des ganzen Schicksals dieses Mannes, die Erklärung all der ungereimten Reden, mit denen er seit mehr als einer Stunde mein Ohr füllte.

»Warum?« wiederholte er tonlos.

Es schien, als käme ihm jetzt erst der Gedanke, daß es für so etwas auch eine Erklärung gäbe. Nie habe ich ein menschliches Gesicht gesehen, daß ein so hoffnungsloses Unvermögen ausdrückte, eine Antwort zu finden. Es war, als stehe ich Angesicht zu Angesicht dem Rätsel des Verbrechens gegenüber, und fände, daß es besser sei, es nicht zu lösen. Nicht genug, daß es keine Antwort gibt auf das Warum, wenn eine Übeltat begangen wird. Sogar die Frage existiert nicht mehr. Die Außenstehenden, die Mitmenschen, alle andern können fragen nach dem Warum. Der, der die Tat beging, fragt nicht, weshalb, weiß nicht einmal, daß eine solche Frage existiert. Für ihn ist alles einfach eine Notwendigkeit, vielleicht die zwingendste Notwendigkeit, die er kennt. Nur das gemeine Verbrechen, das auf Gewinn oder Rache ausgeht, läßt sich noch erklären. Und dennoch … Aber genug hiervon.

Obgleich ich wußte, daß es töricht war, wiederholte ich doch meine Frage. Und während ich das tat, sah ich deutlich, wie die Gedanken des andern sich vergeblich abarbeiteten, um eine Antwort zu finden. Es kam mir so vor, als hätte ich ihm durch meine Frage irgendwie ganz unaussprechlich wehgetan, hätte ihn vielleicht aus der schlafwandlerischen Sicherheit geweckt, die ihn bisher beherrscht und auf geheimnisvolle Weise zu einer Art Lösung geführt hatte.

Plötzlich betrachtete er mich mit einem scharfen, durchbohrenden Blick und sagte:

»Warum ich es getan habe? Das hab' ich doch schon längst gesagt. Seit einer Stunde red' ich ja von nichts anderem.«

Bisher war er verwirrt und unruhig gewesen, und doch hatte über seiner ganzen Art eine Beherrschtheit gelegen, die wohl die meisten irregeführt hätte. Jetzt war er in vollem Aufruhr. Sein Gesicht zuckte in fürchterlichster Erregung und seine Stimme kippte um.

»Keiner versteht mich!« schrie er. »Keiner hat mich je verstanden. Wozu lohnt es sich, daß man sich andern erklären will? Jeder Mensch ist von seinesgleichen abgeschlossen durch eine Mauer – so fest, als ob er in einer Zelle säße. Da bin ich wie ein Narr herumgelaufen und hab' erklärt und hab' mir eingebildet, Sie verstünden – – – Ich glaubte. Sie wüßten doch mindestens ebenso viel wie ich.«

Er ballte die Hand und schlug blindlings in die Luft.

»Sie wollen die Wahrheit wissen,« brüllte er. »Na ja, Sie sollen sie wissen. Ich brauch' mich nicht zu schämen! Sie allein mag sich schämen. Ich hab' sie mit einem Messer ins Herz gestoßen. Ich hab' es getan, während sie schlief. Kein Laut ist über ihre Lippen gekommen. So gut hab' ich es gemacht.«

Er hielt inne und schnappte nach Luft, als sei er nahe daran, zu ersticken.

»Sie hat mich betrogen,« sagte er schwer. »Ist mit andern gegangen. Darum hab' ich es getan. Verstehen Sie jetzt?«

Mit einem unbeschreiblich höhnischen Ausdruck in dem unnatürlich erregten Gesicht betrachtete mich der Verbrecher. Es war, als bereitete ihm jedes Wort, das er herausschleuderte, einen heimlichen Genuß.

»Verleumden Sie die Tote nicht!« sagte ich rasch.

Ich war selbst kaum weniger erregt als er.

»Ihre Frau hat Sie niemals betrogen. Das wissen Sie so gut, wie ich.«

Aber jetzt war seine Kraft erschöpft. Stöhnend sank er vor der Toten zusammen. Kein Wort kam mehr über seine Lippen. Augenscheinlich hatte er vergessen, daß er nicht allein war.

Ich aber ging eilends fort, tastete mich die dunkeln Treppen hinunter und ins Freie. Vom Hof aus sah ich noch, wie das einsame Licht da droben in einem der Mietskasernenfenster plötzlich erlosch.

Zehntes Kapitel

Abend für Abend verbringe ich in dem kleinen Café. Sobald es dunkel wird, existiert mein Heim nicht mehr für mich. Ich wage nicht mehr mit Maud allein zu sein. Ich will es nicht...

Abend für Abend lese ich die Zeitungen, die spaltenlange Berichte über den seltsamen Mord enthalten. Der Verbrecher hat dem Untersuchungsrichter gar keine Schwierigkeiten gemacht. Ohne Umschweife bekannte er sich als Mörder. Und er wiederholte die Erklärung, die er auch mir gegenüber abgegeben hatte – daß er die Tat begangen hatte, weil sein Weib ihm untreu gewesen sei. Die Polizei hat inzwischen in jener Gegend Nachforschungen angestellt, und auch Zeitungsmenschen haben Erkundigungen eingezogen. Alle, die man befragt hat, stimmen dann überein, daß die Frau ein fügsames, sanftes Geschöpf war, das sich für Mann und Kinder abrackerte. Der Mann galt allgemein als ein verschlossener, menschenscheuer Kerl, dem nah zu kommen keineswegs ratsam war, und mehr als einer schüttelte den Kopf und sagte grade heraus, *dem* möchte er auch nicht gern im Dunkeln begegnen. Man argwöhnte, daß die Behauptung des Missetäters, seine Frau sei ihm untreu gewesen, nur eine ungeschickte Lüge sei, die eine Milderung der Strafe herbeiführen sollte. Die Zeitungen schmückten alle diese Einzelheiten mit allerhand Kommentaren aus. Und man betonte schließlich die Möglichkeit, daß dieser Arbeiter ein für die Gesellschaft ganz besonders gefährliches Subjekt sei, das wahrscheinlich noch mehr Verbrechen auf dem Gewissen habe.

Ich war wie behext von dem Schicksal des Unglücklichen, der da so unvermutet meinen Weg gekreuzt hatte. Wenn ich abends heimkam, schlich ich mich aus einem Zimmer ins andere und horchte wie ein Irrsinniger an den Türen. Wenn ich im Bett lag, wagte ich nicht einzuschlafen, und wenn mir schließlich die Augen vor Müdigkeit zufielen, konnte ich aus dem Schlaf auffahren und hellwach ins Dunkel starren, als erwartete ich, ein Gesicht zu sehen. Wenn ich auf der Kanzlei saß oder die Straßen entlang ging, redete ich laut mit mir selbst...

Es war nicht das Schicksal des Mannes, das mich aufregte. Auch nicht sein Verbrechen. Sondern die Art, wie er seine Tat erklärte, regte mich auf und quälte mich. Das heißt, ganz einfach das, daß er sich überhaupt nicht erklären konnte.

Konnte ich denn mich selbst erklären? Wußte ich, besser als er, was mich ins Dunkel trieb? Es war, als spiegelte sich mein Schicksal in dem seinen und würde darin zu Stein.

So grauenhaft war mein Zustand, daß ich, so oft ich an die tote Frau des Arbeiters dachte, Maud vor mir, und wenn ich an den Arbeiter dachte, mich selbst sah.

Was geht die Geschichte die Menschen an? sagte ich mir immer wieder. Was geht die Ursache sie an? Was wissen sie von solchen Dingen? Ist es denn notwendig, daß überhaupt eine Ursache da ist? Der Mann hat gemordet; und sofort verlangen die Menschen, daß er klar und deutlich wissen soll, weshalb. Als ob nicht täglich und stündlich die entsetzlichsten Dinge unter uns geschähen, ohne daß irgend etwas passiert, ohne daß sich irgend etwas ereignet, was die Aufmerksamkeit erregt. Da verlangt niemand eine Erklärung. Da darf alles zusammenbrechen. Und wenn das Unglück endlich geschehen ist, zucken die Menschen die Achseln. Aber hier! Hier nimmt man von vornherein an, daß es eine Erklärung geben muß. Ich weiß ja, besser als alle andern, daß es keine gibt. Ich weiß ja, daß der Mann lügt, wenn er sagt, er habe seine Frau getötet, weil sie ihm untreu sei. Hat er nicht diese Erklärung auch mir gegeben? Schon damals wollte er sich erklären. Und aus allem, was er vorher gesagt hatte, merkte ich gleich, daß er log. Er versuchte, aus dem Dunkel seiner eigenen Seele die Wahrheit hervorzuholen und den Menschen näher zu kommen. Er wollte die Wahrheit sagen. Er wollte nicht lügen. In ihm flammte das Bedürfnis, zu bekennen. Ach, groß, gewaltig ist dies Bedürfnis! Nichts reinigt so, wie ein Bekennen. Aber als er es versucht, geschieht das Furchtbare: *die Menschen wollen ihm nicht glauben.* Eben darum, weil er die Wahrheit sagt, wollen sie ihm nicht glauben. Er sieht es auch ein. Und plötzlich schlägt alles um in seiner Seele. Er entschließt sich zu einer Rolle – und fängt an zu lügen. Greift nach der ersten einfachsten Lüge, die er finden kann und bedient sich ihrer als Erklärung. Und da glauben ihm die Menschen; weil ihnen die Lüge so glaubhaft und einfach erscheint. Und der überreizte Mann wird ruhig. Er wird verschont mit weiteren

Fragen. Niemand zerrt mehr an seinem Innern herum. Gleichgültig steht er dem Verhör, den Vorwürfen, den Ermahnungen, dem Urteil gegenüber. Und er ist glücklicher als ich. Denn er hat überwunden.

So redete ich in meiner Einsamkeit und so waren die Gedanken, die zu jener Zeit in mir brannten. Und dabei blieb es nicht.

Alles, was du da gedacht hast, fuhr ich in meinem Selbstgespräch fort, alles das weißt du. Alles das hast du gehört und mit eigenen Augen gesehen. Du allein hast diesem Mann in der bösesten Stunde des Lebens nah gestanden. Stelle dich selber dem Gericht, melde dich als Zeuge, sprich für ihn. Ihn retten, das kannst du nicht. Der menschlichen Gerechtigkeit kann er nicht entgehen. Aber du kannst seiner Seele Linderung verschaffen. Du kannst ihm das Gefühl geben, daß ein Bruder sein Schicksal miterlebt und verstanden hat. Solch ein Gefühl – das ist mehr als Rettung.

Natürlich stellte ich mich nicht dem Gericht – natürlich sprach ich nicht für den Mann. Gefangen in meinem eigenen Schicksal vergaß ich das seine.

Aber wenn ich Maud vor mir sah, dachte ich am die Frau des Arbeiters. Ich bildete mir ein, die beiden – der Arbeiter und sein Weib – hätten miteinander gelebt wie wir, hätten gekämpft wie wir und geredet wie wir. Meine Phantasie vermischte unsere Geschicke, bis sie eins wurden. Und viele Male beging ich in der Phantasie das Verbrechen, bei dessen Nachspiel ich zugegen gewesen war.

Da träumte mir eines Nachts, ich ginge einsam im Dunkeln. Es konnte ein Kellergewölbe sein oder eine verfallene Scheune. Beide Eindrücke mischten sich auf seltsame Art in meinem Traum, und überall, wo ich ging, schimmerten Lichtflecken, als dränge die Sonne durch Ritzen in den verwitternden Wänden. Aber dies Licht minderte die Dunkelheit um mich her nicht. Es bewirkte bloß, daß die Schatten um so dichter fielen, ungefähr wie ein Blitzlicht auf dem Theater die Dämmerung nachher um so dunkler erscheinen läßt. Die ganze Zeit über führte mein Weg abwärts, und ich setzte meine Füße sehr vorsichtig, um nicht über die Stufen zu stolpern, die ich ahnte. Ich fand jedoch keine Stufen. Dagegen schien es mir, als gehe ich auf einem schlüpfrigen Waldpfad, auf dem ich mich vor Baumwurzeln und Steinen in Acht nehmen mußte, die meinen Weg hinderten. Und weiter ging der Weg, immer weiter. Es war, als befände ich mich in einem Labyrinth von Kellern, Schloßgewölben oder unterirdischen Gängen. Aber das Bewußtsein von den Wänden, die sich rings um mich erhoben, beklemmte mich, und fortwährend verfolgte mich das glimmende Licht, das das Gefühl des dichten Dunkels noch verstärkte.

Ich trug ein sonderbares Kostüm. Ein Mantel flatterte um mich herum. Mein Anzug irritierte mich unbeschreiblich, aber ich konnte nie einen vollständigen Überblick über mich selbst gewinnen. Denn der Lichtschein, der mir entgegenflammte, erleuchtete mich nie so, daß ich mich ganz hätte sehen können. Und auch stehen bleiben konnte ich nicht. Ich mußte gehen, immer weiter und weiter, immer tiefer und tiefer abwärts. Soviel konnte ich sehen, daß die fatale Tracht aus einem früheren Jahrhundert stammte, und während ich weiterging, merkte ich, daß der Weg sich wand wie in einer Spirale. Er führte nicht mehr ins Reich des Unterirdischen – er führte ins Reich der Vorzeit...

Ins Reich der Vorzeit! Zurück durch Jahrhunderte! Auf seltsame Weise prägte der Traum mir diesen Gedanken ein. »Der Weg zur Vorzeit führt also abwärts,« dachte ich. Und als ich, wie das im Traum oft zu sein pflegt, mich daran erinnerte, daß ich erwachen mußte, fand ich, daß ich eine recht lächerliche Figur machte. »Was ist das für ein Narrenspiel!« dachte ich. »Und in was für ein Narrenkostüm bin ich gekleidet!« Es war mir ganz besonders angenehm, daß niemand mich sehen konnte.

Da merke ich auf einmal, daß ich nicht allein bin. Grade auf mich zu kommt eine Gestalt, ebenfalls in einen flatternden Mantel gekleidet, und bei ihrem Anblick werde ich plötzlich feige. Ich sehe ein, ich muß stehen bleiben vor ihr. Warum, das weiß ich nicht. Ich mache eine Verbeugung und versuche, freundlich zu sein. Ich sehe auch ihre Tracht. Wie das möglich ist, darüber denke ich nicht nach. Aber zu meiner unangenehmen Überraschung merke ich, daß sie einen Mantel aus schwarzem Tuch trägt und daß unter diesem Mantel ein paar schwarze

Seidenstrümpfe und Schnallenschuhe hervorblicken. Den übrigen Anzug verhüllt der Mantel, der in einer Kapuze endet, und unter der Kapuze guckt ein Dreispitz hervor. Es kann ein Napoleonshut sein oder ein Lakaienhut ... Aber jedenfalls ist der Mann, dem ich da begegne, ein Lakai und kein Napoleon. Nichtsdestoweniger fürchte ich mich vor ihm. Denn daß er mich überfallen will, ist ganz sicher. Seine Hand, die im Mantel versteckt ist, hält ein Messer, und ich weiß nur zu gut, – im selben Augenblick, da ich mich umwende, habe ich auch das Messer im Rücken...

Darum will ich ihm imponieren, ihm womöglich einen Schreck einjagen. In dieser Absicht sage ich zu ihm:

»Wissen Sie, wer ich bin?«

Ich kann sein Gesicht nicht sehen. Aber ich weiß doch, daß er lächelt – wie man im Traum so etwas weiß.

Im gleichen Augenblick höre ich Harrys Stimme, der weit in der Ferne nach mir ruft...

Außer mir wende ich mich zu dem Mann und schreie:

»Gib Antwort, Mensch! Weißt du, wen du vor dir siehst? Ich bin verkleidet jetzt. Aber das Kleid macht nicht den Mann. Ich bin Beamter. Kein hoher Beamter. Aber jedenfalls mehr als du!«

Er antwortet nicht, sondern versperrt mir nur dauernd den Weg. Im selben Augenblick fällt mein Blick auf meine eigene Tracht. Ich sehe, daß sie bis auf die kleinste Kleinigkeit der des Mannes vor mir gleicht. »Gehorsamer Diener!« sage ich laut. »Gehorsamer Diener!« Es ist, als wäre ich von teilweiser Stummheit befallen. Es ist mir rein unmöglich, irgendwelche andern Worte zu finden, als dies lächerliche: »Gehorsamer Diener.« Ich fühle geradezu, daß mein eigener Hut, den ich nicht sehe, der gleiche dreieckige Lakaienhut mit seiner lächerlichen Kokarde auf der Seite ist. Und gleichzeitig steigt mir im Schlaf die Erinnerung auf, daß der, der sich selbst sieht, verrückt wird oder stirbt. Ganz bewußt ringe ich darnach, aufzuwachen. Ein unheimliches Ringen, das mir den kalten Schweiß aus jeder Pore meines Körpers treibt.

»Harry,« murmle ich, »Harry!«

Später glaube ich, daß ich jetzt einen Augenblick wach war, und daß ich nur so unmittelbar darauf wieder einschlief, daß die Träume in eins verflossen.

»Es ist eine Lakaienrolle, die Du spielst,« klingt es plötzlich in meinen Ohren.

Ich höre diese Worte so deutlich, als ob jemand sie mir wirklich zugerufen hätte, und im selben Augenblick verändert sich die Szene. Wieder stehe ich auf der Straße vor meinem Haus; und vor mir sehe ich im dunkeln, zitternden Schein der Gaslaternen den Arbeiter, der, sobald ich den Rücken wende, seinen Fuß zwischen meine Tür schieben und mich hindern wird, zu schließen. Verwünschter Lakai! sage ich zu ihm, was willst du denn von mir? Der Regen strömt um mich nieder, und ich höre seine Stimme flüstern:

»Ich bin kein Lakai. Ich bin ein freier Arbeiter. Aber komm mit, so sollst du etwas sehen! Komm, so sollst du den neurasthenischen Arbeiter sehen. Das ist etwas für dich!«

Da stürze ich mich auf ihn und packe ihn an der Gurgel.

»Jesus! Jesus!« rufe ich. »Bist du ich oder bin ich du?«

Fest halte ich ihn umklammert, und wir verschwinden beide in einem Dunkel, aus dem Blitze ihre blauweißen Kreuze um mich schlagen. Im nächsten Augenblick sitze ich wieder wach im Bett. Ich höre meine eigene Stimme, die »Jesus!« ruft und ich sage zu mir selbst: »Du glaubst doch gar nicht! Hast du den Verstand verloren?«

Dann erinnere ich mich, wie ich als Kind manchmal etwas wie einen entsetzlichen Lärm hörte. Es war wie Stromesbrausen oder wie Windesseufzen im Wald. Aber es war quälender, stärker als alles, was ich je derart vernommen hatte. Es kam nicht von außen. Sondern innen in meinem Gehirn war es, und wenn es kam, war es so stark, daß ich glaubte, mein Gehirn müßte mir zerspringen. Vor nichts hatte ich als Kind mehr Angst, als daß dies Geräusch sich einstellen könnte. Jetzt hatte ich es viele Jahre lang nicht gehört. Und hatte fast vergessen, daß es einmal gewesen war.

Nun hörte ich es wieder. Es klang, als poche der Wahnsinn an meine Hirnschale und wolle sich den Eintritt erzwingen. Und wie eine unerhörte Kraftanstrengung erschien es mir, als ich endlich die Hand nach den Streichhölzern auszustrecken und Licht anzuzünden vermochte.

Zitternd kroch ich aus dem Bett und schlich ins Harrys Zimmer. Ich war ganz überzeugt, daß mein Traum eine Warnung gewesen sei und daß dem Jungen etwas passiert sein müsse. Als ich zurückkam, packte mich ein sonderbares Schwindelgefühl. Das Fenster zog mich wie mit Gewalt an. Mir war, als müßte, sobald ich das Licht löschte, der Todestrieb übermächtig werden in mir, so daß ich vom Bett aufstehen und mich aus dem Fenster stürzen müßte. Ich wagte nicht einzuschlafen. Ganz fest war ich davon überzeugt, daß ich im Schlaf aufstehen und mich hinausstürzen würde.

Elftes Kapitel

Alles nach diesem Tag fließt zusammen wie in einen dunkeln Strom, in dem sich nichts widerspiegelt. Alles, bis zu dem Tag, an dem Harry in meinem kleinen Zimmer vor mir steht. Er hat seinen Kampf einsam ausgekämpft, und ist jetzt gekommen, um mir zu helfen.

Ich stehe am Fenster und sehe hinaus. Es ist nichts, nichts zu sehen da draußen, was ich nicht schon hundertmal gesehen hätte. Obgleich es Frühling ist, kommt mir alles so seltsam dumpf vor. Natürlich weiß ich nicht, warum Harry gekommen ist. Ich kann aus seiner Miene nur schließen, daß es etwas Wichtiges ist, was er mir zu sagen hat.

»Was willst du?« frage ich.

Im Augenblick kommt der Gedanke, er möchte mir vielleicht etwas beichten.

Freundlich frage ich:

»Hast du etwas Unrechtes getan?«

Da höre ich den Knaben lachen. Ein kurzes, trotziges Lachen.

»Ich?« sagt er und wird rot.

Blitzschnell begreife ich, daß jetzt die Lösung des monatelangen Rätsels kommt. Und ich warte darauf, wie der Gefangene auf die Freiheit wartet...

Ich werde sofort aufmerksam, und indem ich den Knaben an mich ziehe, sage ich:

»Sprich jetzt. Ich werde dich nicht einmal ansehen.«

»Wart' ein bißchen,« antwortete Harry.

Ich sitze da – den Arm um seine Schulter geschlungen – – ich muß lange warten. Ich höre, wie seine Brust arbeitet. Endlich sagt er:

»Mama betrügt dich.«

Es wird ganz still zwischen uns. Keiner hat mehr etwas zu sagen. Keiner mag dem andern ins Gesicht sehen. Etwas in mir ist zerbrochen. Und doch fühle ich keinen Schmerz. Nur *eine* Frage brennt in mir, und ich zaudere, sie auszusprechen. Zuletzt kann ich sie nicht mehr zurückhalten.

»Weißt du das schon lang?«

Rasch, mit zitternden Lippen antwortet er:

»Seit Frühjahr.«

»Voriges Frühjahr?«

Ich schrie die Worte fast heraus.

»Ja.«

Also ein Jahr, oder fast ein Jahr! Ein Blitzlicht hat das Dunkel dieser langen Monate erhellt.

Harry hat gewußt, was ich nicht einmal zu denken wagte. Unwillkürlich messe ich seinen Schmerz an dem meinen, und wundere mich, wie er ihn hat tragen können.

Trotzdem hab' ich ihm nichts zu sagen, keine Fragen zu stellen, keinen Rat zu erteilen. In diesem Augenblick ist er mehr als meinesgleichen.

Plötzlich löst sich Harry aus meinem Arm und sagt:

»Kann ich jetzt gehen?«

»Sag mir nur noch eins: Habe ich recht gehört? Ist es mehr als ein Jahr, daß du das weißt?«

Wieder zittern seine Lippen. Er nickt.

Ich vermochte nichts zu antworten. Aber der Knabe mußte verstanden haben, was ich dachte.

»Ich getraute mich nicht, mit dir zu reden,« sagte er. »Ich wollte auch nicht.«

»Nein, nein!« Das war alles, was ich ihm zu sagen wußte.

Dann sagte er leise:

»Jetzt dachte ich, ich müßte...«

»Warum hast du geschwiegen? Dachtest du, deine Mutter würde dir etwas zuleide tun, wenn du mir erzähltest, was du wußtest?«

Zum ersten Mal wurde Harry glühend rot.

»Hat sie dir vielleicht etwas Derartiges gesagt?«

»Ja.«

»Du hast also mit deiner Mutter über solche Dinge gesprochen, und sie mit dir?«

In mir stieg etwas auf, das mir Furcht einjagte. Ich dachte an die Szene mit dem armen Arbeiter, die Szene, die mich so mächtig aufgeregt hatte. Und der Gedanke packte mich, wie unschuldig doch seine Geschichte war im Vergleich zu der meinen – wie unheimlich unschuldig.

Harry unterbrach meine Gedanken.

»Wird Mama jetzt von dir geschieden?« fragte er.

»Ich weiß nicht,« antwortete ich.

Meine Gedanken waren weit fort, und Harry schien die Fähigkeit zu haben, ihnen zu folgen. Er schmiegte sich dicht an mich und flüsterte:

»Hab ich recht daran getan, daß ich es dir gesagt habe?«

»Ja,« antwortete ich. Du hast recht getan.«

Aber die Worte hatten keinen Sinn für mich. Und Harry begriff, daß ich jetzt allein sein mußte, und ging.

Ich stand am Fenster, und ein Wundern stieg in mir auf – ein Wundern darüber, daß ich noch immer keinen Kummer fühlte. Eher kam es mir vor, als empfände ich eine große Erleichterung, obgleich ich mir nicht erklären konnte, in was diese Erleichterung lag. Es war einfach, als ob die Welt in mir auf eine Art heller geworden wäre.

Draußen auf der Straße begann es zu dämmern. Die blassen Lichter der Straßenbahnen glimmten durch den Nebel, und ihr Anblick erinnerte mich an meinen Traum. Das Rasseln der Wagen, ja sogar das Geräusch der Pferdehufe drang zu meinen Ohren. Nacheinander wurden die Laternen da unten angesteckt.

Ein sonderbares Gefühl, als sei ich nicht allein, überfiel mich. Rings um mich her – eine Treppe – zwei Treppen – drei Treppen – vier Treppen – im Erdgeschoß und unter dem Dach – überall hatte ich stumme Nachbarn. Keiner wußte etwas von dem, was mir eben geschehen war. Aber bald würden alle es wissen...

Ein Frostschauer schüttelte plötzlich meinen ganzen Körper. Ich fror, aber es kam nicht davon, daß ich am Fenster stand. Jetzt fängt es an, dachte ich. Aber mein Kopf war dabei immer gleich klar und wach, und weder Schwere noch Schmerz störte das wunderbare Gefühl der Erleichterung, das über mich gekommen war.

Aber ein Punkt begann doch in mir zu fiebern. Vielleicht wußten diese Menschen, die da rings um mich wohnten, mehr als ich dachte, – hatten immer mehr gewußt. Gegenüber über der Straße waren Fenster, und hinter den Gardinen saßen Augen, die vielleicht mehr gesehen hatten, als ich, und Lippen, die die Neuigkeit, die ich allein nicht wußte, weiter verbreitet hatten. Ist es nicht immer so? Ist nicht in einem solchen Verhältnis der Mann der einzige, der nicht weiß, was die ganze Welt weiß?

Es flog mir durchs Gehirn, daß ich Ähnliches in schlechten Romanen gelesen hatte, und ich lächelte über mich selbst. Dennoch wurde ich den Gedanken an die Menschen nicht los. Ich hörte ihre Stimmen von der Wohnung unter mir, ich hörte ihre Schritte aus der Wohnung über mir. Meine Phantasie begann plötzlich diese Wohnungen, alle Gebäude um mich her zu bevölkern. Und alle die Geräusche, die die Mietskasernen der Städte füllen, gewannen plötzlich eine Art Bedeutung für mich. Es waren ja doch Menschen, die rings um mich her wohnten, Menschen, die geboren wurden, aufwuchsen, heirateten, sich scheiden ließen, starben oder Kinder bekamen, litten, einander quälten, liebten, haßten und dahingingen. Nirgends war ich allein. Früher nannte man diese Menschen Nachbarn. Jetzt war das Wort fast aus der Sprache verschwunden. Denn das, was das Wort bedeutete, findet sich ja kaum mehr. Was kümmern sich die Menschen von heut darum, ob die Nachbarn gut oder böse sind? Die Hauptsache ist, daß sie keinen Lärm machen und nicht belästigen.

Ich glaube, nie zuvor hatte ich an meine sogenannten Nachbarn gedacht. Aber in dieser Stunde fühlte ich deutlich die Nähe der Menschen und sah ein, daß ich ihnen nicht entgehen konnte. Ich würde ihnen auf den Treppen begegnen, sie würden mich sehen, wenn ich zur Haustür aus und ein ging, sie würden mich im Auge behalten ...Wenn ich über die Straße ging, um in die Trambahn einzusteigen, würden ihre Blicke mich in den Rücken stechen, und sie würden merken, daß ich nicht mehr so aufrecht ging, wie bisher. Wenn ich nach Hause zurückkehrte, würde ich wissen, daß Augen mir auf dem kurzen Weg folgten, eh ich in der Haustür war, die sich von selbst hinter mir schloß.

Widerwärtiger habe ich nie den Fluch der modernen Stadt empfunden: daß der Mensch sich nie einsam fühlen kann. Mir war, als hörte ich das Rauschen des Walds und des Meeres zorniges Tosen. Nichts sonst brauchte ich. Nichts sonst wollte ich um mich her hören. Mich verlangte nach einer Tür, die alle die andern hinausschlösse, nach einer Treppe, auf der keiner ging als ich und die Meinen, einem Zimmer, in dem kein fremder Laut meine Ruhe störte.

Unter mir die Straße lag im Dunkeln; der Glanz der Laternen ward heller, je tiefer die Dämmerung sank. Über mir klangen die Schritte eines Menschen, der ab und zu ging, und aus der Ferne drangen gedämpfte Musikklänge an mein Ohr.

Und für einen Augenblick verschwand alles, was mich störte, verwirrte und beunruhigte, und eine neue Zukunft stieg vor meinen Blicken auf, eine Zukunft, nicht glänzend und lockend, aber warm und weich, eine Zukunft, ganz anders als die, die mir seit langem mit Dunkel und Untergang gedroht hatte. Und einen Moment lang war mir, als hätte ich den Glauben wiedergewonnen, daß meine Seele von neuem wachsen könnte...

Ein Gefühl der Wonne bemächtigte sich meiner, ein Gefühl, das ich am liebsten niedergehalten hätte, weil es mir grausam erschien. Aber ich war auch grausam in diesem Augenblick – – erfüllt wie ich war von dem großen, gesunden Egoismus, der zuweilen aus einem Menschen hervorbrechen und ihn retten kann.

Ich zündete die Lampe an und zog die Gardinen zusammen. Es war, als schlösse ich die Außenwelt aus, schlösse mich ein mit einem neuen Glück. Keiner hätte mir geglaubt, wenn ich ihm von diesem seltsamen Glücksgefühl erzählt hätte. Und doch war es tatsächlich vorhanden. Gewißheit ist besser als Grübeln. Und aus der Notwendigkeit zu handeln keimte eine neue Hoffnung. Der Tag war zu Ende, der Alltag mit seiner späten Dämmerung, die den Nachmittag allzu lang und allzu licht macht...

Ich weiß noch, daß ich dachte:

»Welcher Narr hat die Legende erfunden, daß die Rolle des Betrogenen lächerlich sein soll? Ist es möglich, daß man lächerlich ist, ohne es zu fühlen?«

Mein Auge fiel auf das Bild meiner Frau, das auf dem Schreibtisch stand. Aber ich betrachtete es ruhig. Und es kam mir gar nicht in den Sinn, es von seinem Platz wegzunehmen.

Zwölftes Kapitel

Es war schrecklich, Maud in diesen Tagen zu sehen. Nichts von allem, was sie sagte oder tat, vermochte ich zu verstehen. Es schien, als wäre ihre Energie erschöpft, und es gab Augenblicke, in denen ich Mitleid mit ihr hatte. Es war, als würde sie sogar körperlich weniger. So hilflos sah sie manchmal aus. Oft gemahnte sie mich an die Maud, die ich so lange schon entbehrte. Und doch hatte sie mich kaltblütig und mit Überlegung betrogen. Über mein und Harrys Leben war sie hingegangen wie ein vernichtender Brand. Mit Lügen hatte sie ihn und mich hinters Licht geführt, und welche Energie sie auf diese Lügen verwandt hatte, das begriff ich von Tag zu Tag mehr.

Ruhig und ohne alle großen Worte hatten Maud und ich besprochen, wie wir unsere Zukunft einrichten wollten. Wir kamen einander entgegen soweit es nur möglich war. Nichts schien äußerlich verändert, abgesehen davon, daß wir einander nicht mehr aus dem Wege gingen. Harry kam und ging zwischen uns, als wäre nichts geschehen. Und sogar an ihm war zu merken, daß das, was geschehen war, für ihn eine Erleichterung bedeutete. Er war ja wohl wortkarg, wie das so in seiner Natur lag. Aber von der Unruhe, die vorher jede seiner Bewegungen gekennzeichnet hatte, war jetzt keine Spur mehr vorhanden. Am meisten wunderte mich in dieser Zeit, daß der Unwille, den ich bisher gegen meine Frau gehegt hatte, mehr und mehr einem Gefühl Platz machte, dem ich keinen Namen zu geben vermag. Interesse lag darin, und sogar Zärtlichkeit. Eine gute Portion Bitterkeit war freilich auch dabei. Aber die Bitterkeit war nicht von der Art, daß sie meine übrige Gefühlswelt gestört oder getrübt hätte. Sie hatte eher den Charakter eines notwendigen und natürlichen Zubehörs, das dereinst mit all dem andern, was die Erinnerung an unsere verflossene Ehe bildete, zusammenfließen würde. Ich wußte auch nichts von Mauds Plänen. Fragen wollte ich sie nicht, und sie selbst erzählte mir nichts von sich.

Mehr und mehr fing ich an, Maud nicht in ihrem Verhältnis zu mir und unserer Ehe, sondern so, wie sie an sich war, zu sehen. Sie wurde für mich dadurch fast zu einem neuen Menschen, einer neuen Frau. Einmal hatte ich diese Frau geliebt – und sie mich. So fest war ich an sie gebunden gewesen, daß ich nicht im Traum daran gedacht hatte, es könnte einst der Tag kommen, an dem sie und ich unsere eigenen Wege gehen würden. Hatten wir nicht noch in den Tagen unseres Glücks davon gesprochen? Natürlich hatten wir das! Natürlich hatten wir davon gesprochen, daß der Tag kommen könnte, an dem die Liebe versiegt wäre. Wir hatten davon gesprochen, daß keins dem andern dann im Weg stehen wollte. Welcher moderne Mann hat nicht mit seiner Frau von derartigem gesprochen? So fest, so frei von Zweifel ist in unsern Tagen keiner.

Aber nie hatte ich im Ernst geglaubt, daß die Trennung kommen könnte. Darin lag der große Unterschied zwischen ihr und mir. Sie hatte mit diesem Gedanken gerechnet als mit einer Möglichkeit. Ich nicht. Darum hatte ich sie auch gehaßt in der Zeit, als ich im Nebel herumlief und nichts sah. Darum war ich auch blind gewesen und hatte nichts gesehen oder nichts sehen wollen.

Und doch hatte ich vielleicht gesehen. Natürlich hatte ich gesehen. Es gibt ja wohl keinen Menschen, der in einem solchen Fall nichts sieht. Hatte ich Harry, als die Wahrheit sich ihm über die Lippen drängte, auch nur nach einem Namen gefragt? Stieg dieser Name nicht sogleich in mir auf, ohne daß ich zu fragen brauchte? Es war nicht nur das Schamgefühl dem Kind gegenüber, das mir die Zunge band. Auch nicht allein das unglaubliche Feingefühl, das, sogar wenn alles zu Ende ist, einem Mann die Zunge bindet – zu allererst dem Kind gegenüber, an dem doch beide teilhaben. Der Name, die Person war mir ganz einfach Nebensache. Nicht einmal zwischen Maud und mir wurde in den ersten Tagen der Name ihres Liebhabers genannt. Wir vermieden es beide, weil wir wußten, es bedurfte dessen nicht. Unendlich gleichgültig schien mir alles, was dereinst zwischen uns beiden gewesen war; und doch konnte ich nicht anders als glauben, als daß Maud und ich doch noch einmal ein Gespräch miteinander haben würden. Mich verlangte nicht nach einem solchen Gespräch. Ich fürchtete es eher. Ich fühlte nur, es war eine Notwendigkeit – so, wie ich war und wie sie war.

Es überraschte mich darum auch nicht, als Maud sich eines Abends zu mir wandte und sagte:
»Du bist verändert, Karsten. Ich kenne dich gar nicht mehr.«
Ich stutzte und antwortete:
»Wieso?«
»Du bist ruhiger,« sagte sie. »Du bist so, wie ich dich aus unserer ersten Zeit kenne.«
Eine Röte huscht über ihr Gesicht und ich begreife – sie glaubt, ich könne ihre Worte so deuten, als wolle sie mich zurückerobern. Ruhig, als spräche sie zu einem Fremden, fährt sie jedoch fort:
»Du siehst zufrieden aus – und tatkräftig. So unglücklich hab' ich dich also gemacht! So ganz und gar war ich daran, dich zugrunde zu richten!«
Ich kann ihr nichts erwidern. Ich weiß ja nur zu gut, daß sie recht hat. Und an dem neuen Leben, das in mir erwacht ist, hat sie kein Teil.

Dreizehntes Kapitel

Nicht um einander näher zu kommen, begannen wir unser Gespräch. Sondern es war, als wolle der Kampf, der zwischen uns getobt hatte, sich bis zuletzt sein Recht nehmen. Es war, als wollten wir einander – oder uns selbst – erklären, was doch im innersten nicht erklärt werden kann. Oder auch war es vielleicht nichts von alledem. Vielleicht trieb uns nur, ohne daß wir es wußten, das unaussprechliche Verlangen des Menschen, sich selbst und andere zu quälen. Ich weiß es nicht. Ich weiß bloß, daß plötzlich – während wir ganz ruhig und klar miteinander redeten – Vorwürfe auftauchten – Anschuldigungen, die in der dumpfen Ruhe der ersten Tage geschlummert hatten. Alles, was in unseren Temperamenten unvereinbar war, alles, womit ich sie gequält hatte und sie mich, alles, was heimlich fortgewuchert hatte, alles, worüber wir früher – ach, nur allzu oft – gesprochen hatten – – alles lebte wieder auf und drängte sich über unsere Lippen.

Maud ging in ihrem Zimmer auf und ab, das ich seit der Entdeckung nicht mehr betreten hatte. Ich saß im Lehnstuhl unter der Lampe, und wieder begann ich etwas von der entsetzlichen Spannung zu fühlen, die die beiden letzten grauenhaften Jahre erfüllt hatten. Schwer atmend erhob ich mich. Es war ja alles zwischen uns gesagt. Was war noch hinzuzufügen?

Da hielt mich Maud zurück.

»Geh nicht!« sagte sie.

Mechanisch blieb ich in der Türöffnung stehen. Ich wollte nichts hören, und doch konnte ich nicht gehen. Mit zorniger Stimme rief ich:

»Haben wir einander denn noch mehr zu sagen?«

»Vielleicht,« antwortete sie.

Und nach einer Pause – kurz, scharf, fast gehässig:

»Du weißt ja nichts von mir.«

Der Ton, in dem sie diese Worte aussprach, machte mich stutzig. Es kam mir plötzlich, daß eine Wahrheit lag in dem, was sie da sagte, und daß diese Wahrheit vielleicht wertvoller für mich war, als ich selbst wußte. Maud muß etwas gemerkt haben von dem Eindruck, den sie auf mich machte; denn in fast heftigem Ton fuhr sie fort:

»Setz dich! Ich kann nicht reden, wenn ich dich stehen sehe.«

»Du hast mir in all diesen Tagen nichts gesagt,« begann sie. »Du hast es vermieden, von dir zu sprechen. Du hast es vermieden, von mir zu sprechen. Du hast das Ganze behandelt, als wäre jetzt alles in Ordnung. Ich bin ein verbrecherisches Weib. Ich habe dich betrogen. Du wartest darauf, daß ich gehe, und wenn ich erst fort bin, wirst du ein neues Leben beginnen.«

»Ich wollte dich und mich schonen,« sagte ich...

»Schonen!« rief sie. »Schonen! Was brauchen wir einander zu schonen!«

Sie fuhr sich mit den Händen ins Haar – eine Gebärde, die ich so gut kannte von all den Augenblicken her, in denen sie erregt war...

»Du darfst mir glauben, Karsten,« fuhr sie fort. »Wenn einer dich schonen will, so bin ich's. Und ich weiß wohl, daß das, was ich dir jetzt sagen will, dich mehr quälen wird als irgend etwas auf der Welt.«

Sie hielt plötzlich inne und es war, als schlucke sie die Tränen hinunter. Doch als sie weiterredete, zitterte ihre Stimme nicht.

»Aber vielleicht möchtest du doch gern etwas von mir wissen. Du hast ja noch ein langes Leben vor dir – wie ich auch.«

Darauf fuhr sie ruhig und überlegt fort:

»Du hast mich die ganze Zeit über verurteilt, Karsten. Und hast mich sehr hart verurteilt. Widersprich mir nicht. Wozu? Du möchtest jetzt gern barmherzig sein, weil du weißt, mein Anblick wird dich bald nicht mehr quälen. Aber all das Barmherzigsein nützt dich nichts. Glaubst du, ich weiß nicht doch, was ich weiß? Glaubst du, ich kann vergessen, was du mir alles in diesen langen Jahren gesagt hast? Wie oft hab ich dich nicht angesehen, wenn du grübelnd, verstimmt hier umhergegangen bist! Du saßest neben mir, oder auch du gingst in deinem Zimmer auf und ab. Und beständig, hast du über mich nachgegrübelt – – wie ich war. Und damit verurteiltest du mich, Karsten. Du hast das Bild zerschlagen, das du einmal im Herzen trugst. Und so gründlich hast du das getan, daß du es nie wieder ganz machen konntest. Nie wieder. Auch wenn das, was jetzt geschehen ist, nie geschehen wäre.«

»Und das wagst du mir vorzuwerfen,« unterbrach ich sie. »Du, die ...«

Ich konnte nicht weiterreden. Die Erbitterung erstickte meine Stimme.

»Ich, die ich einen andern liebe,« fuhr sie fort. »Ich werfe es dir auch nicht vor. Aber geliebt habe ich dich doch, Karsten.«

Ein niedriger Argwohn erwachte in mir. »Sie will dich halten!« dachte ich. »All das ist Weiberlist. Sie will dich wiedergewinnen. Aber es soll ihr nicht gelingen.« Ich fühlte, wie sich mein Herz verhärtete, und ich freute mich, daß es so war.

Maud fuhr mit leiserer Stimme fort:

»Was ich dir jetzt sage, ist die Wahrheit. Ich habe dich weniger betrogen, als du glaubst. Jaja, ich habe dich ja freilich betrogen. Aber das sollst du doch wissen. Es hat mich keiner dir genommen. Meine Liebe zu dir war tot, als ich – – ihn traf.«

»Ist das wahr?«

»Weshalb sollte ich lügen jetzt? Hab' ich nicht genug gelogen? Dir gegenüber – Harry gegenüber – allen gegenüber. Das war mein größter Fehler, daß ich es dir nicht sagte, als die Wahrheit mir klar wurde. Da schwieg ich. Und ich bildete mir ein, ich täte das aus Rücksicht auf dich. Weil ich wußte, daß deine Liebe noch lebte. Aber so war es nicht, Karsten. Ich schwieg aus Feigheit. Ich schwieg, weil ich nicht wußte, was aus mir werden sollte, wenn ich von dir ginge. Ich kann ja nichts. Was hätte aus mir werden sollen? Darum schwieg ich. Und ich sagte mir: Ein zweites Mal begegnest du der Liebe nicht. Dazu bist du zu alt. Aber die Liebe begegnete mir. Und ich war nicht zu alt. Das wurde meine Strafe. – – Quäle ich dich sehr jetzt?«

»Nein,« antwortete ich kurz.

»Ich versteh' es,« fuhr sie fort. »Ach, ihr Männer! Ihr sagt, ihr liebt uns, und ihr verlangt, wir sollen euch verstehen. Aber wenn ihr in einer Frau etwas findet, das euch fremd ist – was tut ihr da? Ihr wollt es ganz einfach nicht glauben.«

Sie blickte jetzt zur Seite, während sie sprach, und etwas, das stärker und gleichsam härter war als Scheu, lag über ihrer ganzen Gestalt, während sie fortfuhr:

»Du weißt nicht, was es mich gekostet hat, dir meine Liebe zu schenken – oder das, was du so nanntest. Du hast mich auch gequält.«

Ich holte tief Atem. Jedes Wort, was sie sagte, glaubte ich ihr; trotzdem sagte ich:

»Meine Ahnung hat mich also nicht betrogen, als ich seinerzeit das Gefühl hatte, daß das Unglück kam.«

»Nein,« erwiderte sie. »Das war auch für mich das Schlimmste.« Sie blickte auf mit einem Lächeln, das ich nicht zu deuten wußte. »Glaubst du,« sagte sie, »ich sage das, weil ich bei dir bleiben möchte?«

»Vielleicht möchtest du schließlich doch um Harrys willen bleiben?« sagte ich.

Ein langes Schweigen folgte diesen Worten.

Zuletzt brach Maud in Tränen aus. Über den Tisch gebeugt, barg sie das Gesicht in den Händen.

Ich blieb noch lange sitzen. Und das Ticken der kleinen Uhr auf Mauds Schreibtisch war der einzige Laut, den ich hörte. Ich weiß noch, daß ich die Schläge zählte, mich verrechnete, die Zahl vergaß und wieder von vorn anfing...

Mauds Weinen war zu aufrichtig. Ich konnte nicht länger zweifeln. Alles, was sie an mir und an sich selbst verbrochen hatte, weinte sie jetzt vor meinen Augen aus.

»Vergiß, was ich gesagt habe, Maud,« sagte ich milder. »Vergiß alles, wenn du kannst. Ich will versuchen, dir zu glauben.«

Vierzehntes Kapitel

Maud weinte noch immer. Ein stilles, herzzerreißendes Weinen. Es war, als weine sie über uns beide. Stumm saß ich daneben und wünschte mir, ich könnte weinen wie sie. Ich sagte ihr das auch, und sie blickte zu mir auf. Zum ersten Mal seit langer Zeit lag etwas wie Dankbarkeit in ihrem Blick.

»Es ist noch mehr, Karsten,« sagte sie. »Es ist noch viel mehr. Alles ist nicht so … natürlich und … so einfach. Es hängt damit zusammen, daß ich so unberührt vom Leben war, als du mich fandest. Weißt du noch, wie dich das erschreckte? Ich verstehe es jetzt so gut. Alles ist mir so klar geworden, so qualvoll klar. Ich, – – überhaupt alles. Es ist, als hätte das Leben mir die Gabe geschenkt, die Dinge zu durchschauen. Und die Gabe ist nicht immer vom Guten.

Ach Karsten! Ich lief ja herum wie im Schlaf, als du mich trafst. Viele Jahre lang war ich wie im Schlaf herumgelaufen. Meine lange Unwissenheit war daran schuld. Ich werde dir das nie erklären können. Aber es war so. Langsam wachte ich auf. Deine Liebe weckte mich. Und zuletzt war ich wach.«

Sie verstummte plötzlich, und ich sah ihr an, daß sie nicht fortfahren *wollte*.

Da sprach ich an ihrer Stelle. Es kam mir vor, als wäre jedes Wort mir unmittelbar von ihr selbst eingegeben:

»Und als du dir dann über dich selbst klar warst – oder wach, wie du es nennst – da merktest du, daß du mich nicht mehr liebtest.«

Ohne Besinnen erwiderte Maud:

»So war es.«

»Du brauchst keine Angst mehr zu haben, du könntest mich verletzen,« fuhr ich fort. »Du mußt doch einsehen, daß ich es jetzt als Erleichterung empfinde, daß du mich nicht mehr geliebt hast.«

»Ich verstehe,« antwortete Maud tonlos.

Gleich darauf fuhr sie fort:

»Es ist nicht schwer für mich zu erzählen. Es ist schlimmer für dich zum Anhören. Auch wenn du mir das Gegenteil sagst, vergesse ich das doch nicht. An etwas mußt du dich erinnern, Karsten, wenn du an mich denkst. Ich habe nie Freunde gehabt. Kannst du dir so etwas vorstellen? Oft habe ich dir das schon gesagt. Aber ich habe immer gemerkt, ich sagte dir etwas, was du zwar anhörtest, was aber für dich nichts war als ein leeres Wort. Einsam war ich zwischen meinen Geschwistern, einsam, nachdem ich die Heimat verlassen hatte. Ich weiß, daß die Menschen selten etwas gegen mich haben. Aber dabei bleibt es auch. Die Fähigkeit, mich andern zu nähern, fehlt mir.

Und doch habe ich mich im stillen immer darnach gesehnt, daß jemand kommen möchte, der auch auf mich hörte. Auch ich hatte ja etwas in mir und sehnte mich darnach, daß jemand auch auf mich und das, was mich anging, hören sollte. Weißt du noch, wie oft du mir vorgeworfen hast, ich rede nie von mir selber? Aber es war ja unmöglich, Karsten, so ganz unmöglich, wie ich es mit Worten gar nicht sagen kann. Am unmöglichsten war es mir dir gegenüber. Vielleicht ist darum mein Glück mit dir immer nur ein halbes gewesen. Vielleicht lag darin der Keim dazu, daß wir einmal voneinander gleiten mußten. Ich glaube es wenigstens. Und ich weiß, daß die Schuld von Anfang an mein war.

Zwischen uns hat es nie einen Bruch gegeben, Karsten. Es sieht nur so aus. Langsam glitten wir voneinander. Alles was wir gelitten, alles, womit wir einander später gequält haben, kam nur daher, daß wir beide dagegen ankämpften, es zu glauben.

Weißt du noch, wie ich eines Tages – es ist jetzt über zwei Jahre her – zu dir kam und dich bat, wir wollten eine andere Wohnung nehmen, damit wir nicht länger ein Schlafzimmer zu haben brauchten, sondern jeder sein eigenes hätte? Ich sah, daß dich das quälte. Und ich begreife wohl, daß du später diese Sache mit dem in Zusammenhang gebracht hast, was du jetzt weißt. Aber jetzt weißt du, Karsten, daß es nicht so war. Damals hatte ich noch keine Ahnung davon, daß der Mann, der dein und mein Freund war, für mich etwas anderes werden könnte, als er damals war. Sondern ich bat dich darum, weil ich fühlte, daß etwas in meinem Empfinden dir gegenüber eine Wandlung erfahren hatte. Ich gehörte dir nicht mehr so ganz, wie ich es dereinst gehofft und geglaubt hatte. Und vielleicht war es auch noch mehr. Damals kämpfte ich noch. Damals konnte ich noch hoffen, unser Glück könnte wiederkehren. Ich suchte etwas Neues, etwas Neues, das mir das Alte wiederschenken sollte. So war es, Karsten. Und ich weiß, auch darin mußt du mir glauben. Warum sollte ich etwas ableugnen, jetzt, da du alles weißt?

Aber daß ich jetzt reden kann, wie ich es tue, das kommt daher, daß ich alles, was ich nun sage, für mich selbst wiederholt habe. Wort für Wort, oder auch mit andern Worten – ich weiß nicht mehr – aber wiederholt habe ich es viele Male. Als wir einander nicht mehr so oft sahen, wie früher, da wurde ich auch einsam, wie du. Und der Stunden des Glücks, die ich mir stahl, waren es weniger als der Stunden, in denen ich einsam war. Aber wenn ich daheim saß, Karsten, da dachte ich weniger an ihn, als an dich. Ein paarmal fing ich an, all das niederzuschreiben, was ich dir jetzt sage. Ich wollte es dir später geben und du solltest es einmal lesen, wenn so viel Zeit vergangen war, daß du ohne Groll an mich denken konntest.

Aber du weißt ja – schreiben kann ich nicht. Was ich auf dem Papier festhalte, wird nie das, was ich im innersten fühle. Das Schreiben ist mir noch viel unmöglicher als das Reden. Darum hörte ich auch auf. Statt dessen ging ich hier in meinem Zimmer, wo wir jetzt sitzen, auf und ab, stundenlang, oder ich saß im Sofa, wie jetzt. Deutlich, als hätte ich sie laut ausgesprochen, dachte ich bei mir selbst die Worte, die ich dir sagen wollte. Ich glaubte, ich redete mit dir. Und da hattest du Zeit, mich zu verstehen. Darum kann ich so sprechen, wie ich jetzt spreche, und darum sage ich alles auch so, wie ich es sagte, als ich allein war und mir einbildete, du hörtest mich.«

Sie verstummte einen Augenblick und ich fragte:

»Sag mir, Maud, wenn … ich nie … erfahren hätte, was du jetzt sagst, … was hättest du dann getan?«

Maud blickte auf, als würde sie unsanft aus dem Schlafe geweckt. Und ihr Blick hatte etwas, das an den Blick einer Schlafwandlerin erinnerte.

»Ich weiß nicht,« antwortete sie zögernd. »Daran hab ich nie gedacht.«

Aber gleich darauf fügte sie hinzu:

»Ich glaube, dann hätte ich nie etwas gesagt. Was ich in diesen Jahren erlebte, empfand ich als mein persönliches Eigentum. Nein! Ich hätte nichts gesagt. Nicht, eh du und ich ganz alt gewesen wären. Und vielleicht hätte ich auch dann noch geschwiegen.«

»Und nun?«

Maud zuckte zusammen. Ein ganz neuer Ernst lag auf ihren Zügen.

»Das ist sehr einfach,« sagte sie. »Ich werde als einsame Frau leben, wie damals, eh ich dich traf. Frag mich nicht weiter. Du kannst mich doch nicht verstehen. Beklage mich nicht. Komm mir nicht mit den Worten, wie man sie sonst sagt. Sie passen nicht hierher. Ich habe etwas erlebt, für das es keinen Namen gibt, etwas, das – mit mißbrauchten Worten – in den Büchern erzählt wird. Rolf kennst du nicht. Du glaubst, ich gehe jetzt von dir zu ihm, und er wird mich heiraten. Und alles wird, wie es sein soll. Aber so wird es nicht. Rolf heiratet mich nicht. Ich will es nicht. Was eines Tages aus mir werden wird? Das weiß ich nicht. Aber ich fürchte mich nicht vor dem, was kommt. Ich weiß nur, ich will den Tag nicht erleben, an dem er mich verschmäht. Und das würde er eines Tages, wenn ich seine Frau wäre. So ist er und so bin ich. So hellsichtig hat mich das Leben gemacht.

Es würde der Tag kommen, an dem er merken müßte, wie alt ich bin.«

Fünfzehntes Kapitel

Nach einer Pause fuhr Maud fort: »Jetzt weißt du, was aus mir wird. Jetzt weißt du, daß ich dich wenigstens nicht verlasse, um die Karriere eines Mannes zu teilen. Glaube mir, Karsten, Frauen wie ich sollten überhaupt nicht heiraten. Sie bringen Unglück ins Haus. Weißt du noch, wie du mich einmal in zorniger Stimmung eine Waldfrau genannt hast? Es lag mehr Wahrheit in deinen Worten, als du selbst ahntest.

Jetzt wollen wir das vergessen. Alles das ist ja so gleichgültig. Alles andere, als das, was ich dir jetzt sagen will, hat platterdings keinen Wert. Was war und ist, läßt sich ja doch durch nichts auslöschen.

Etwas will ich dir aber doch aus meiner Jugend erzählen. Es kann dir bedeutungslos vorkommen. Aber für mich bedeutet es viel. Und es hat wohl dazu beigetragen, daß ich fremd für dich blieb. Denn daß du für mich ein Fremder warst, Karsten, das weißt du. Das kannst du nicht vergessen haben. Was ich sagen wollte, ist: als ich aufwuchs, war ich nicht nur wenig mitteilsam über mich selbst. Sondern ich glaubte geradezu, so *müßte* ich sein. Ich fand nicht, daß alle Menschen so sein müßten. Aber ich fand, *ich* mußte so sein. Ich nannte das sogar in meinen Gedanken mit dem großen Wort: mein Schicksal. Alles, was ich träumte und wonach ich mich sehnte, alles, was mein innerstes Ich war, wollte ich verstecken. Es nie einem Menschen offenbaren. Es war, als glaubte ich, alles, was ich weggäbe, mache mich selbst geringer oder schlechter.

Du mußt nicht glauben, Karsten, daß ich mich mit dem, was ich da sage, besser machen will als ich bin. Oder daß ich etwas bemänteln will damit. Warte nur! Warte nur! Es kann sein, daß du noch Dinge zu hören bekommst, über denen du alles vergißt, was ich jetzt sage, und glaubst, du träumest einen bösen Traum. Weißt du noch, Karsten, – wie Harry klein war, sagte er einmal ganz plötzlich – niemand wußte, woher er es hatte – wir waren beide gleich verwundert: ›Harry denkt,‹ sagte er, ›daß das ganze Land da nur ein Traum ist.‹ Wir waren damals draußen in den Schären, und Harry war kaum über vier Jahre alt. Woher hat ein Kind so etwas? Niemand kann das erklären. Niemand weiß es. Wir selbst können uns selten deutlicher erklären, wenn wir vom Leben sprechen.«

Maud beugte sich über den Tisch und stützte nachdenklich den Kopf in die Hände. Ein seltsames Lächeln erschien auf ihren Lippen.

»Ich glaube, ich muß von Anfang an einen Schrecken gehabt haben vor allem, was Zusammenleben zwischen Mann und Weib heißt,« sagte sie plötzlich. »Lang eh ich wußte, was ein solches Zusammenleben eigentlich in sich schließt.«

Dann fuhr sie in verändertem Ton fort:

»Du ahnst nicht, was es heißen will, sich nie einem Menschen anvertraut haben. Du hast es darin immer so leicht gehabt. Du lebtest ja wohl auf eine Art allein. Aber dann und wann trafst du doch einen Menschen, dem du dich anvertrauen konntest. Und wenn das geschah, so tatest du es ohne Einschränkung. Mehr als du selbst glaubst, hast du das genossen, was ich immer entbehrt habe. Als ich zu dir kam, da kam ich, bereit, dir alles zu schenken, was ich seither aufgespart hatte. Denn so empfand ich es, Karsten. Ich wartete und wartete nur darauf, dir alles zu geben. Aber ich konnte nicht.«

Zweifelnd blickte ich Maud an und erwiderte: »Sind das nicht alles nur leere Worte?« Sie schüttelte energisch den Kopf. »Ich weiß recht wohl, daß sie dir so vorkommen werden,« antwortete sie. »Ich bitte dich auch nur, meine Worte anzuhören und sie zu behalten, so gut du kannst. Erinnerst du dich noch an unsere erste Zeit? Erinnerst du dich noch, wie oft dir ein Wort entschlüpfte, das verriet, wie du dich nach ihr zurücksehntest? Das habe *ich* nie getan.«

Mein Unwille, den ich während dieser ganzen Unterredung beinahe vergessen hatte, kehrte bei diesen Worten zurück. Heftiger als ich eigentlich wollte, fuhr ich los:

»Sprich nicht schlecht von jener Zeit. Es war unsere beste, unsere einzige. Sie umschließt alles, an was wir zurückdenken können, wenn wir einmal...«

Ich hielt inne. Denn ich wollte Maud den Triumph nicht gönnen, daß ich mich um ihret-willen hinreißen ließ.

»Ich glaube kein Wort von dem, was du da sagst,« fuhr ich statt dessen fort. »Alles, womit du jetzt kommst, ist erlogen, zurechtgemacht, eine offene Verdrehung des Geschehenen.«

Maud verriet mit keiner Miene, wie meine Worte sie verletzt haben mußten. Im selben kühlen Ton, in dem ich begonnen hatte, redete ich weiter:

»Hab ich dir nicht alles gegeben, was ich hatte? Wünschte ich überhaupt mehr, als nur geben zu dürfen? Vertraute ich dir nicht alles an, was ich fast jedem andern verschwieg? Du sprichst von Freunden. Aber ich weiß, daß ich über mein Innerstes ebenso verschwiegen war wie du, ebenso verschwiegen, als hätt' ich gar keine Freunde gehabt.«

Mauds Augen verdunkelten sich, als blicke sie in sich hinein, während sie mir antwortete:

»Du meinst, du hast ihnen dein Schlimmstes nicht anvertraut?«

»Jetzt peinigst du mich mehr, als du glaubst!« rief ich. Meine Selbstbeherrschung verließ mich mit einem Mal, und ich fuhr fort:

»Du kannst es nicht vergessen haben. Du kannst nicht vergessen haben, wie du mir gehol-fen hast und wie dankbar ich dir war. Sag um Gottes willen wenigstens das eine – daß du es nicht vergessen hast! Die Schwermut, die auf meiner Jugend gelastet hatte, all das, was jetzt zurückzukommen droht! Wie hab' ich dich nicht an allem teilnehmen lassen! Und wie hast du mir geholfen! War auch das ein Traum?«

»Bist du nicht über all das weggekommen?«

»Doch, doch! Aber ich hatte nie darüber sprechen können – eh ich dich traf. Tagtäglich gehen und warten, daß der Keim, den ich in mir trug, wachsen, zu einem Baum werden sollte, der mich auseinandersprengen, mich auf den Schutthaufen der verlorenen Existenzen dieser Welt schleudern würde! Der Wahnsinn, der, wie ich glaubte, in mir lauerte ... Alles das hab' ich dir anvertraut.«

»Karsten,« sagte sie ruhig. »Das ist ja jetzt vorüber. Das war schon vorüber, als du mich trafst.«

Außer mir vor Erbittertheit antwortete ich: »Ich bereue den Tag, an dem ich es dir anver-traute! Ich bereue den Tag, an dem ich dir meine Liebe bot! Ich bereue alles, was je zwischen dir und mir war!«

Zum ersten Mal brauste jetzt auch Maud auf: »Hab' ich es nicht alles auf mich genommen?« sagte sie. »Hab' ich dir nicht geholfen, es zu tragen?«

»Ich glaubte es wenigstens,« lautete meine Antwort. »Darum fühlte ich mich auch wie erlöst von allem Übel in jener Zeit, die du jetzt mit so kühlen Augen betrachtest. Ich kehrte wieder ins Leben zurück. Weißt du, was das heißt, wieder ins Leben zurückkehren? Nie hatte ich mich darin heimisch gefühlt. Immer war ich wie ein Einsiedler herumgelaufen in diesem Leben, das für andere so voll Glück ist. Ich weiß noch unsere ersten Abende ... Ich habe ja Zeit genug gehabt, in der Erinnerung zu ihnen zurückzukehren.«

Frostschauer schüttelten mich; ich stand auf und ging ins Wohnzimmer, in dem es dunkel war. Auf und ab ging ich, auf und ab. Und plötzlich hörte ich, wie die Uhr Zwei schlug.

Da kehrte mir die Besinnung zurück und ich trat wieder in Mauds Zimmer.

»Hast du mir noch mehr zu sagen?« fragte ich gleichgültig.

»Alles, was ich hauptsächlich sagen wollte, ist noch ungesagt,« antwortete Maud.

Sechzehntes Kapitel

Jedes Wort, das jetzt kam, war mir ein Schmerz. Nie werde ich ihre Worte jetzt und unsern seltsamen Abschied vergessen.

Als ich mich wieder gesetzt hatte, begann Maud:

»Gerade an jenen Abenden, die deine Hilfe waren, habe ich mich geistig verhoben. Wenn ich an sie denke, ist es wie ein Wasserfall von Worten, die über mich strömten. Menschen, Geschehnisse, Lebensschicksale – alles strömte über mich hin. Ich fühlte nur noch, wie müde es mich machte. Und doch hatte ich Mitleid mit dir. Doch liebte ich dich. Aber während du dich frei redetest, sehnte ich mich hinaus ins Leben. Das hast du vergessen, Karsten. Dahin hast du mich nie geführt. Ich nahm all das deine auf mich; aber ich vermochte es nicht zu tragen. Und was ich dir zu geben hatte – dafür hattest du nicht Raum.

Verstehst du mich? Oder fängst du wenigstens an, zu verstehen? Ich liebte dich, und ich wußte, ich mußte versuchen, es zu tragen. Abend für Abend kamst du, und kein Tag verging, ohne daß du mir irgend etwas Neues erzähltest. Erinnerst du dich noch an unsere Verlobungszeit? Du kamst zu mir auf mein kleines Zimmer, oder du holtest mich ab und wir gingen aus. Schon da fingst du an. Und mein Mitleid mit dir war so groß, daß ich die Tage bis zu unserer Hochzeit zählte, nur damit ich das Recht hätte, dich nie mehr allein zu lassen. Du brauchtest mir gar nichts zu erklären, Karsten. Ich begriff schon damals, daß du mir all das zum Teil sagtest um mich zu warnen. Du hast mich auch in klaren, unverblümten Worten gewarnt. Du sagtest mir gerade heraus, ich würde bei dir nie das Glück finden, und du warst meinethalben verzweifelt, daß wir uns überhaupt begegnet waren.

Aber alles das band mich nur immer fester an dein Geschick. Und gleichzeitig machte es mich müde. Geradezu lebensmüde. Ich war naiv genug, zu glauben, ich hätte die Macht, dich zu ändern. Er braucht nur Glück, dachte ich. Ja, ich war so kindisch oder so dumm oder so voll Selbstvertrauen – wie du willst – daß ich dachte: Keine kann ihm das Glück geben, als ich.

Es war ein Traum. Nur zu gut lernte ich verstehen, daß es ein Traum war. Aber ich brauchte Zeit, um aus dem Traum zu erwachen. Zuletzt sah ich doch ein, daß ich dir das Glück, das du brauchtest, nicht geben konnte. Ich so wenig wie irgend eine andere. Als ich endlich wach war, fand ich, daß ich in meiner alten Einsamkeit lebte. Was ich dir geholfen hatte, zu tragen, Karsten, das hatte meine Kraft gestohlen. Es hatte aufs neue mein ganzes Innere zugeschlossen. Und als ich mich mit offenen Augen umsah, da saß ich da in meiner alten Einsamkeit, ärmer als in der Zeit, eh ich dich getroffen hatte. Und damit glitt ich von dir fort und gab den Kampf auf. Glaub' mir, es hat lang gedauert, eh ich es tat.

Etwas über ein Jahr nach jener Zeit traf ich Rolf. Nein, bleib sitzen, Karsten. Hör mich an, wie ich Jahr um Jahr dich angehört habe. Es ist lange her – aber es war doch einmal. Und *einmal* kannst wohl auch du der sein, der zuhört. Das bist du mir fast schuldig.

Es war nur eins, das Rolf mir gab. Aber das war auch alles. Er verstand mich ganz und gar, Karsten, ohne daß ich ihm etwas zu sagen brauchte. Er kennt auch dich, besser als du glaubst, und er hat dich lieb, wenn du es auch jetzt nicht glaubst. Unser Verhältnis fing damit an, daß er von dir sprach, wenn wir allein waren. Du darfst nicht glauben, ich hätte ihm irgend etwas von dem verraten, was du mir anvertraut hattest. Er wußte es auch so, Karsten. All das Komplizierte, scheinbar sich Widersprechende, Gewaltsame und Milde, Lichte und Dunkle, Leidvolle und Ausgelassene in deiner Natur verstand er. Und er ahnte mehr von der Ursache, als du je ahnen kannst. Wenn du deine bösen Tage hattest, war er meine Zuflucht. Er kam ja oft, und nicht selten hast du uns allein gelassen.

Jedenfalls warst du es, der uns zusammenführte. Und dann das, daß ich müde war. Du hattest mich müde gemacht, Karsten. Du verlangtest so unendlich viel mehr, als du selber weißt.

Und du mißtrautest mir immer. Du quältest auch ihn. Deine Freundschaft und deine Liebe – beides ist grausam. Du quälst andere damit, und du bist so empfindlich, daß man dir in dem Augenblick, in dem man es am wenigsten ahnt, weh getan hat. Dann schweigst du. Und man läuft herum und kommt sich vor wie ein Verbrecher. Oder auch du sprichst. Und aus jedem Wort klingt der kranke Zweifel an mir, an ihm, an allem...

Er hatte die Fähigkeit, mich so zu nehmen, wie ich war; und er stellte niemals Fragen an mich.«

Maud verstummte plötzlich. Ich begriff, daß sie jetzt etwas sagen wollte, was sie ganz besonders quälte. Darum ermutigte ich sie ein bißchen. Und da sagte sie:

»Er verlangte nie, ich solle so ganz in ihm aufgehen, wie du das verlangt hast. Ich kann das nicht, Karsten. Vielleicht ist etwas in mir, das erstarrt ist, oder auch, das immer so – wie soll ich sagen – unzugänglich war. Auch ich habe Bedürfnisse, die nicht immer befriedigt werden. Auch ich bin ein Mensch für mich, Karsten. Ein Weib, das deine Frau, nichts anderes als deine Frau gewesen wäre, das sich mit dir eingeschlossen, dich umsorgt, mit dir gelebt, keinen andern Gedanken als dich und das Deine gehabt hätte – ein solches Weib hätte dich glücklich gemacht, Karsten, so wie ich es nie gekonnt habe.«

Siebzehntes Kapitel

Verstehst du jetzt, wenn ich dir sage, daß es für mich eine Niederlage war, als ich merkte, daß ich nicht so sein konnte, wie du es wünschtest? Wie gern hätt' ich es gewollt! Wie ernstlich hab' ich es versucht!

Kannst du dir denken, Karsten, daß Rolf und ich mitten in unserem Glück nicht aufhörten, uns mit dir zu beschäftigen! Auch jetzt sollst du nicht gehen, Karsten! Bis zu Ende mußt du mich anhören! Du fragst, wie ich ihn dann lieben, mich ihm geben, das Glück genießen konnte, das unser Verhältnis mir trotz allem schenkte? Weiß ich es denn selbst? Kann ich in mich selbst hineinblicken und alles auseinanderpflücken, was im innersten meiner Seele bindet und löst? Aber wie ich dazu kam, Rolf zu lieben, das weiß ich. Ich habe es dir ja schon gesagt. Bei ihm war ich frei. In seiner Nähe durfte ich so sein, wie ich war. Ob ich froh war oder traurig, aufgeräumt oder bedrückt, er wunderte sich nie darüber. Überhaupt grübelte er nie über mein Wesen nach. Er war zufrieden mit mir so, wie ich war.

Wenn du ahnen könntest, Karsten, welche Freude über das ganze Leben kommt, wenn man fühlt, daß man in der Nähe eines Menschen ruhig so sein kann, wie man wirklich ist. Du warst auch so oft unzufrieden mit mir. Es war, als hättest du dich in mir getäuscht und wartetest nun immer darauf, daß ich eines Tages anders werden sollte. Oder auch du warst verstimmt. Und dann brauchtest du nur zu sehen, daß ich froh war, um unzufrieden zu sein. Du hast mir einen immerwährenden Zwang auferlegt, Karsten. Und ohne Freiheit gedeiht die Liebe nicht.«

»All das ist jetzt vorüber und vergessen,« erwiderte ich. »Aber du hast mit keinem Wort von Harry gesprochen. Hast du ihn vergessen?«

Maud zögerte einen Augenblick.

»Nein,« sagte sie. »Ich vergesse ihn nicht. Aber ich kann ihn ja auch nicht so lieben, wie Mütter ihre Kinder lieben. Niemals habe ich die rein animalische Wonne empfunden, die Mütter sonst empfinden, wenn sie ihr Kind an die Brust legen. Es ist zum verzweifeln, wenn ich daran denke. Nie konnte ich mich so mit ihm beschäftigen, wie andere das können. Wenn er auf meinem Schoß lag, hatte ich Angst, ich könnte ihm wehtun, und ich konnte nicht begreifen, daß dieser kleine Kerl dereinst ein Mensch werden sollte und daß es mein Kind war.

Aber je älter er wurde, desto mehr Freude hat er mir gemacht. Bis zu dem Tag...«

Sie verstummte plötzlich.

»Ja,« fuhr sie nach einer Weile fort. »Jetzt kommt das Schlimmste. Jetzt beginnt mein Verbrechen. Denn das war es. Mehr oder weniger. Ich scheue nicht zurück vor dem Wort. Ich weiß, was ich getan habe. Und wenn ich es wieder gut machen könnte ... Das Verbrechen fing an, als er uns entdeckte – ertappte, wie du vermutlich dereinst gesagt hast.

Es begann mit dem Tag, an dem Harry Rolf und mich sah. Wir saßen auf einer Bank im Tiergarten. Es war zeitig im Frühjahr, so zeitig, daß nur selten Menschen dort hinauskamen. Wir saßen weit draußen auf einer Landzunge, und hinter uns führte die Straße vorbei. Da schraken wir plötzlich bei einem rasselnden Geräusch auf. Wir wandten uns gleichzeitig um, und starrten einander dann wortlos ins Gesicht. Es war Harry, der auf seinem Rad vorübergefahren war. Er war schon weit fort.

Als ich nach Hause kam, ging ich sogleich zu dem Jungen hinein. Und beim ersten Blick auf sein Gesicht wußte ich auch, daß er uns gesehen hatte.

Was Kinder für einen Instinkt haben, Karsten! Du hast es mir oft gesagt, und du hattest ganz Recht. Wie sie uns tausendmal besser verstehen, als wir sie! Es ist ganz unheimlich, daran zu denken. Für mich, die ich ja nicht diesen lebendigen Instinkt der Mutter habe, war es eine Entdeckung. Sobald ich den Jungen sah, begriff ich, daß jeder Versuch, ihn hinters Licht zu führen, umsonst gewesen wäre. Und da wurde ich grausam, Karsten, grausam – weil ich nicht in meinem heimlichen Glück gestört sein wollte. Ich nützte es aus, daß ich seine Mutter war und Macht über ihn hatte. Ich ging geradeswegs zu ihm hin und faßte ihn mit beiden Händen, und er schluchzte an meiner Brust, daß er eine solche Mutter hatte, eine Mutter wie mich!

Alles, alles verstand ich. Aber ich *wollte* nicht, daß die Entdeckung kommen sollte. Ich wollte, mein Leben sollte so weitergehen, wie ich selbst es eingerichtet hatte. Ich *wollte* keine Wolken an meinem Himmel sehen. Und ich besaß die Kraft, vorzubeugen.

»Es fielen nur ganz wenige Worte zwischen uns. Harry fragte:

»Wie wird es jetzt?«

Und ich antwortete:

»Wie meinst du das?«

Da fragte er mich:

»Gehst du jetzt fort von uns, Mama?«

Der Knabe hatte mich also verurteilt. Er wußte, daß *ich* es war, die fort gehörte. Er machte nicht einmal Miene, mich daran zu hindern. Da stieß ich ihn von mir und mir war, als kämpfe ich mit ihm um mein Leben. Ich wußte, daß ich mit meinen Worten seine Seele vergiftete. Aber ich zauderte nicht.

»Es wird keine Veränderung geben, Harry, sage ich. Du verstehst das nicht. Du bist noch zu sehr Kind. Gar nichts wird geschehen. Alles bleibt, wie es ist.

Da blickt er zu mir auf.

»Ich kann Papa nicht anlügen,« sagt er.

Da packe ich ihn am Arm und antworte:

»Still, Harry! Hör mich an!«

Und so nachdrücklich als ich nur kann, sage ich zu ihm:

»Wenn du hierüber redest, oder wenn Papa es sonst erfährt, so lebe ich keinen Tag länger. Verstehst du mich?«

Er schüttelt den Kopf und ich sehe, daß er vollständig außer sich ist.

»Verstehst du nicht? Dann nehme ich mir das Leben.«

Zweimal wiederholte ich meine Worte. Und als ich Abends an sein Bett ging, um ihm Gutenacht zu sagen, wiederholte ich sie noch einmal.

So grausam war ich, Karsten. Ich wußte, daß ich in seine Adern ein Gift goß, das Tag für Tag jede Freude aus seinem Dasein wegfressen mußte. Tief im Innern wußte ich das. Aber ich wußte auch – wie er nun einmal war, würde er es nicht ertragen können, wenn er mich in den Tod triebe. Er würde mich verabscheuen, verachten vielleicht, und mich eines Tages, wenn er groß war, vergessen, wie man einen bösen Traum vergißt. Aber schweigen würde er, lange schweigen, was auch geschehen mochte.

Und das brauchte ich, damit ich leben konnte, wie ich wollte. Davor verstummten alle Skrupel. Ich schlug mich nicht lang mit ihnen herum. Ich vergaß sie. Und in meinem Leben trat keine andere Veränderung ein, als daß mein ganzes Wesen gleichsam wuchs. Ich hatte das Gefühl, als verdoppelten sich meine Kräfte, als wüchsen meiner Seele Flügel. Hoch über allem, was niedrig und schmutzig war, wollte ich schweben. War es auch Einbildung – einerlei. Kühner wurde ich von jenem Tag an. Und häufiger wurden die Stunden, in denen ich vergaß, daß ich einer Familie angehörte. Bloß eins wagte ich nicht: Rolf die Wahrheit zu sagen. Ihm sagte ich, ich wisse ganz bestimmt, daß Harry uns nicht gesehen hätte.«

Mauds Gesicht färbte sich, als sie diese Worte sagte. Es war deutlich zu sehen, daß sie noch jetzt in der Erinnerung das Siegesgefühl jener Zeit genoß, in der sie das Schicksal zweier Männer in der Hand gehalten hatte und ohne fehl zu treten ihren gefährlichen Weg gegangen war.

Schwer und herb fügte sie hinzu:

»Damals habe ich Harry für immer geopfert. Nur zu wohl wußte ich das. Ich habe mein Teil an ihm verscherzt. Es kam mir vor, als verbrenne das Kind in den unterirdischen Flammen meines Wesens, die du nicht kennst. An jenem Abend ward Harry ganz und gar dein.«

Gefangen in all diesem Neuen betrachtete ich sie; ich hatte das Gefühl, als habe ich jetzt erst die Frau kennen gelernt, die fünfzehn Jahre lang mein Weib gewesen war. Ich weiß, daß mir da zum ersten Mal das Märchen von der Waldfrau einfiel. Ich hatte den klagenden Schrei gehört, der dem zurückgelassenen Kind galt...

»Jetzt bitte ich dich, fortzufahren,« sagte ich nach einer Weile. »Noch ist die Nacht nicht zu Ende.«

Achtzehntes Kapitel

Maud zögerte einen Augenblick. Darauf nahm sie den Faden ihrer Erzählung wieder auf; ein seltsames Lächeln schwebte um ihre Lippen:

»Erinnerst du dich noch,« fragte sie, »der Nacht, in der du wach auf deinem Zimmer saßest, und wie du dich wundertest, daß ich dich gehört hatte und hereinkam?«

»Gewiß erinnere ich mich.«

»Ich war nicht immer so stark, als ich sein wollte. Ich litt an allerhand Einbildungen, und wenn ich schlief, hatte ich oft Träume. Oft genug fuhr ich aus dem Schlaf auf und fragte mich selbst, wieso ich ein so deutliches Gefühl hätte, als erwarte mich etwas Böses. Immer war es der Gedanke an Harry, der mich dann verfolgte. Ich sah, daß er litt, und ich habe immer Grausamkeiten gegen Kinder verabscheut. In jener Nacht hatten die bösen Träume mich mehr als gewöhnlich gequält. Ich fuhr aus dem Schlaf auf. Die Uhr im Wohnzimmer schlug Fünf. Um mich war alles dunkel. Da glaubte ich Geräusch aus deinem Zimmer zu hören. Ich horchte, und ich hörte deutlich den amerikanischen Schaukelstuhl auf seinen Stahlfedern knarren. Weißt du, was ich damals glaubte und weshalb ich kam? Klipp und klar, wie durch Eingebung, stand es vor mir: Es ist etwas geschehen. Harry ist krank. Karsten hat mich nicht wecken wollen. Wenn der Junge krank ist, kann er sich nicht beherrschen. Er braucht ja nur, wenn er krank ist oder Fieber hat, zu rufen, er wolle mich nicht sehen. Dann fragt Karsten. Und alles, was ich durchgemacht habe, ist umsonst.

Darum nannte ich auch gleich Harrys Namen, und als ich an deiner Miene sah, daß alles, was ich gefürchtet hatte, nur Einbildung gewesen war, drehte ich um, ging wieder auf mein Zimmer und ließ dich glauben, ich sei schläfrig. Aber ich war nicht schläfrig. Hellwach lag ich in meinem Bett. Und mein ganzer Körper brannte wie von tausend scharfen Nadelstichen. Nie war ich so nahe daran gewesen, mich zu verraten.

Erinnerst du dich noch an den folgenden Tag? Und an unser Gespräch abends? Ein seltsames Gespräch. Auch da war ich drauf und dran, mich zu verraten. Was ich in der Nacht gedacht hatte, verfolgte mich. Es schien mir, als müßtest du alles wissen, als sei es absolut unmöglich, daß du nichts wüßtest. ›Er verstellt sich‹, dachte ich. ›Er weiß alles‹. In allem, was du sagtest oder tatest, fand ich einen Doppelsinn. Meine Angst wurde zur fixen Idee, und obgleich ich mir selbst sagte, daß alles Einbildung und Schwäche war, verfolgte mich doch der Gedanke: ›Karsten weiß alles – jedes Wort, das er sagt, hat einen Doppelsinn.‹; Ich sah, wie heftig du wurdest, und hörte den Zorn in deiner Stimme zittern. Ach – du hattest alle Ursache – auch ohne daß du das Letzte wußtest! Aber ich konnte diesen Auftritt nicht anders ansehen als im Zusammenhang mit dem, was mich Tag und Nacht erfüllte. Ich war verstört von Nachtwachen, von Fieberphantasien. Mein ganzes Leben war ja eine Fieberphantasie. ›Er spricht in Rätseln‹, dachte ich. ›Er nähert sich dem Ziel auf Umwegen‹.

Als du mir zuliefst: ›Wen hast du gesucht heut Nacht?‹ da wußtest du nicht, daß du Grund hattest zu einer derartigen Frage. Die Worte entfielen dir nur so. Es war ein sinnloser Ausbruch. Aber ich konnte sie nicht so auffassen.

Weißt du, was ich dachte, Karsten? Jetzt tötet er mich, dachte ich. Alles, was er sagt, sagt er nur, um mich zu quälen. So grenzenlos ist sein Haß, daß er sich nicht daran genügen läßt, zu töten. Aber ich empfand keine Angst, keine noch so schwache Andeutung von Furcht. Wenn man in einer solchen Spannung lebt, wie ich in diesen letzten Jahren, da hat man die Furcht vor dem Tod vergessen. Und wenn geschehen wäre, was ich erwartete – ich kann nicht sagen, fürchtete, denn ich hegte keine Furcht – so hätte ich den Tod von deiner Hand empfangen, ohne auch nur an Widerstand zu denken. Eine Wollust wäre er mir gewesen, höher als alles, was ich je empfunden habe.

Aber als ich dann unter deinen Worten, die für mich keinen Sinn mehr hatten, langsam aufwachte und begriff, daß alles, was du mir da sagtest und was ich antwortete, alles, was zwischen mir und dir vorging, nichts anderes war als Worte, Worte, Worte – da geschah etwas anderes. Da erwachte in mir ein rein physischer Widerwille gegen alles, was wir Liebe nennen. Es war wie ein Ekel in mir vor mir selbst und meinem ganzen Leben, hauptsächlich dem Sinnesleben. Wie durch einen Nebel über ein unreines Wasser weg hörte ich deine Worte, und in einer blitzschnellen Vision glaubte ich, den Sinnestaumel des Menschenlebens, der in Blut beginnt und in Blut endet, zu erblicken. Ich wußte ja, es war das Trugbild eines flüchtigen Augenblicks. Ich wußte ja, was ich gelesen und erlebt hatte. Ich wußte, wenn dieser Augenblick vorüber wäre, würde mein normaler Mensch gleichsam wieder seine normale Lage in mir einnehmen. Und alles, was ich jetzt wie in einem Gespensterlicht sah, würde ich dann wieder ruhig betrachten können und es natürlich nennen.

Es war nur ein kurzer Augenblick. Und er wird keinen Einfluß auf mein Leben haben. Das weiß ich. Aber in diesem Augenblick sah ich mich selbst so, wie ich bin. Ich gehöre zu den Frauen, für die es am besten ist, wenn sie schlafen. Kein Mann hätte mich wecken sollen. Du nicht, und auch kein anderer. Dies wissen, und dennoch leben können – – du weißt nicht ... Keiner weiß das ...«

Maud verstummte und atmete tief, als wolle sie die Gedanken von sich abschütteln. Dann begann sie von neuem. Aber ihre Stimme klang müde und gleichgültig und stand in bizarrem Kontrast zu den Worten, die sie sprach:

»Ich habe manchmal geglaubt, daß ich mehr als andere der großen Menschentiefe nahe stehe, aus der wir alle stammen und in die wir so gern hinabblicken – um über unsern Ursprung zu schaudern.

Im übrigen hast du schwer geschlafen in jener Nacht, Karsten. Du hattest ja auch viel Schlaf nachzuholen. Ich allein war wach und konnte keine Ruhe finden. Zum ersten Mal in dieser ganzen Zeit beschäftigten sich meine Gedanken mit der Möglichkeit, daß ich vielleicht alles wieder gut machen könnte. Es war, als gäbe ich mich der Illusion hin, daß ich meine Natur ändern oder das, was war, auslöschen könnte. Still schlich ich in der Wohnung umher, ging von Zimmer zu Zimmer, sah mir alles an, was unser Heim – deins und meines – ausmacht, alles, was in all diesen Jahren so nach und nach gekommen und bei uns geblieben ist.

Ich wußte, was ich dachte und hoffte, war vergeblich. Und doch schlich ich mich hinein zu dir. Ich wollte gar nichts, nur dir einmal nahe sein, ohne daß du es wußtest. Die Tür zum Wohnzimmer stand offen und draußen brannte Licht. Es dauerte eine Weile, bis sich meine Augen an die Dämmerung gewöhnten, die drinnen herrschte. Ich hatte Angst, du könntest aufwachen. Aber schließlich konnte ich doch jeden kleinsten Zug unterscheiden. Stumm stand ich da und sah zu, wie die Falten in deinem Gesicht sich im Schlaf glätteten. Du warst so, wie ich dich im Gedächtnis hatte vom ersten Mal her, als ich dich schlafen sah.«

»Lang stand ich so,« fuhr sie fort, »und mir wurde weich ums Herz. Ich wollte dir etwas Gutes antun. Und was? Ich wollte dich wecken, Karsten, und dir alles sagen. Ich war drauf und dran, es zu tun. So furchtbar überspannt war ich durch alles, was ich erlebt hatte, geworden. Ich hatte mir ja alles, was ich gewonnen hatte, ertrotzt, Karsten. Alles, was ich gewonnen zu haben glaubte.

»In diesem Augenblick war ich so, wie du wohl geglaubt hattest, daß ich sei, als du mich heiratetest. Ich war das Weib der alten Zeiten, das sich vielleicht ein bißchen zu viel beugte, das aber nie trog und den Sieg über sich selbst errang, weil es demütig war.«

»Was schwatzest du da?« unterbrach ich sie. »Zu allen Zeiten haben Menschen einander gegenseitig betrogen. Männer die Frauen und Frauen die Männer. Was redest du von der Frau der alten Zeit? Das ist doch nur ein Wort. Es fehlte nur noch, daß du dich selbst modern nennst und anfängst zu diskutieren.«

Ich war außer mir vor Nervosität. Alles, was ich gehört hatte, peitschte meine Erbitterung himmelhoch auf.

Aber Maud ließ sich nicht stören.

»Dennoch war es so, wie ich es dir eben gesagt habe,« begann sie wieder.

Und über ihre Züge kam es wie der Widerschein von etwas Visionärem.

»Ich weckte dich nicht,« fuhr sie ruhig fort. »Aber sicher ist, daß ich es wollte. Ich wollte dir alles bekennen. Weißt du, was das sagen will, diese brennende Lust zu bekennen? Ich wollte nichts damit gewinnen. Ich wollte bloß bekennen und dann dein Haus verlassen. Wenn der nächste Morgen graute, wollte ich fort sein. Und du solltest mich los sein. Denn darin lag für dich das Glück.

Es war eine kleine, unbedeutende Sache, die mich daran hinderte. Du drehtest dich im Schlaf um, und als ich dabei zusammenfuhr, stieß ich an eine Leuchtermanschette, daß sie klirrte. Ob es Gespensterfurcht war, die mich überfiel? Oder sonst etwas? Ich erschrak so, daß ich hinausstürzte und mir Gewalt antun mußte, um unter der Tür noch einen Augenblick stehen zu bleiben und nachzusehen, ob du aufgewacht warst. Aber du rührtest dich nicht. Du schliefst fest.

Da ging ich in mein Zimmer, Karsten, drehte den Schlüssel um und ging zu Bett. In der Dunkelheit lag ich da und fror wie ein verirrtes Kind. Was ich dachte oder was ich fühlte, das will ich gar nicht versuchen, dir zu erzählen. Du würdest es mir doch nicht glauben.

Aber seit dem Tag ist mein ganzes Leben gewesen, als wäre ich von Furien gejagt. Ich kannte keinen Frieden mehr, ich wußte nicht mehr, was es heißt, ruhen…

Erst jetzt…«

Sie verstummte und sagte dann leise:

»Glaubst du mir, wenn ich dir sage, daß ich jetzt so etwas Ähnliches verspüre?«

»Ich muß es dir wohl glauben, wenn du es mir sagst,« antwortete ich.

»Wir haben einander angesteckt, Karsten,« fuhr Maud fort. »Wir waren so weit gekommen, daß wir den Unterschied zwischen ich und du nicht mehr kannten. Da wurden wir auseinandergerissen, oder – wie ich vorhin sagte – wir glitten auseinander. Aber solang wir einer in des andern Nähe waren, rieben wir uns gegenseitig auf. Wenn du mich los bist, wirst du gesund.«

»Und du?«

»Ich bin es schon.«

Hart und scharf kamen die letzten Worte. Aber sie verwundeten mich nicht. Was von dem, was Maud nur gesagt hatte, wahr war und was nicht, das vermochte ich in diesem Augenblick nicht zu entscheiden. Zwischen uns stand das ewige Rätsel von Weib und Mann. Ein Narr ist, wer versucht, das Rätsel zu seinem eigenen Gewinn zu lösen…

Uns ausgesprochen hatten wir. Aber zusammengekommen waren wir nicht. Unwillkürlich fiel mir die Definition der parallelen Linien ein, die nie zusammenkommen können.

Ironisch fragte ich schließlich:

»Wie bist du so hellsichtig geworden?«

Maud fuhr zusammen, als hätte ich sie geschlagen.

»Wieso hellsichtig?« stammelte sie.

»Ich meine, so hellsichtig dir und mir und Allem, was du jetzt bist, gegenüber.«

Maud senkte den Kopf, so daß ich ihr Gesicht nicht sehen konnte.

»Darauf möchte ich nicht antworten,« murmelte sie.

»Du mußt!« sagte ich leise und scharf. »Etwas bist du mir denn doch schuldig.«

Maud erhob den Blick nicht zu meinem Gesicht. Aber ich sah, wie die Röte ihr über Wangen und Hals lief:

»Eine Frau wird sehend,« antwortete sie, »wenn sie zwei Männer geliebt hat. Sie wird sehend, weil sie vom Baum der Erkenntnis gegessen hat. Sie weiß dann, was gut und böse ist – und noch mehr. Ein Mann dagegen…«

Sie hielt inne und ich merkte, daß sie nicht weiter sprechen würde.

»Ein Mann,« fuhr ich an ihrer Stelle fort, »kann essen, soviel er will und wo er will. Die Binde fällt doch nicht von seinen Augen. War es das nicht, was du sagen wolltest?«

Maud blickte zu mir auf. Ihr ganzes Gesicht war verwandelt. Haß funkelte aus ihrem Blick.

»Das ist schlimmer als alles, was je zwischen dir und mir geschehen ist!« rief sie.

Aber keine Worte vermochten mehr mich aufzuhalten.

»Warum behält ein Mann die Binde um?« sagte ich. »Vielleicht deshalb, weil seine Natur doch noch unschuldiger geblieben ist, als die deine, was er sich auch zu schulden kommen ließ? Nie hätte ich das vorher geglaubt. Aber wahrhaftig – du hast es mich in diesem Augenblick gelehrt!«

Wir starrten einander an, ohne einen Laut hervorbringen zu können. Ohne daß wir es gemerkt hatten, waren die Stunden der Nacht entflohen. Es war schon Morgen. Der neue Tag war da. Aber es war etwas anderes, was uns beschäftigte. Wir erinnerten uns beide einer andern Nacht, die uns auch in diesem Zimmer zusammengeführt hatte – der Nacht, von der wir vorhin gesprochen hatten. Auch damals führte ein Zwang uns zueinander, und keiner brauchte den andern daran zu erinnern. In diesem Augenblick war es, als gingen Gespenster zwischen uns um, und die Gespenster erschreckten uns beide.

»Ist dies unser Abschied?« murmelte Maud.

Ich konnte ihr nicht antworten. Ein seltsamer Gedanke, aus einem noch seltsameren Gefühl geboren, keimte in mir.

Ein neues Weib ist es, das da zu mir spricht. Ein Weib, dem du heute zum ersten Male begegnet bist.

Es war ein entsetzlicher, ein fressender Gedanke. Und er wurde zu einer Wunde, einer brennenden Wunde, die tief schmerzte. Sinnesverwirrung lag darin und Marter...

Langsam ward es mir klar, was Maud verwandelt hatte und warum alles an ihr, was Weib war, mich jetzt so fremd anmutete. Ich begriff, daß Maud jetzt so war, wie die Liebe eines andern Mannes sie gemacht hatte – des Mannes, den sie mehr geliebt hatte als mich.

Ein neues Weib. Ein anderes Weib, als das, das ich dereinst in meinen Armen gehalten hatte. Demütigend und zugleich unheimlich durchdrang diese Wahrheit meine Seele. Und unter diesem Eindruck, schwankend, ohne Abschied ging ich aus ihrem Zimmer und in meines.

Während ich ging, sah ich, daß Maud verstanden hatte, was ich empfand, und ich las in ihrem Gesichtsausdruck etwas wie Rache.

Einsam lag ich in meinem Zimmer wach und sah das Morgenlicht die roten Gardinen färben. Sie leuchteten wie Blut. Und mir war, als habe ich, ohne es zu wollen, einen Blick hinter den Schleier geworfen, der über das Antlitz der Allmutter, der Isisgöttin, gebreitet ist.

Der Mann oder das Weib, die den Schleier zu lüften wagen, die werden zu Stein.

Neunzehntes Kapitel

Als ich am folgenden Tage in meine Zimmer trat, war Maud fort. Die Waldfrau hatte sich frei gemacht – das Heim, das sie verlassen hatte, stand leer.

Ich ging auf mein Bureau und kam wieder nach Hause, aß mit Harry zu Mittag und war dann wieder allein. Der Knabe verlangte keine Erklärung. Und ich hatte ihm keine zu geben.

Aus einem Zimmer ins andere ging ich. Ging, bis mein ganzer Körper vor Müdigkeit schmerzte und mein Hirn wie im Fieber brannte.

Ich fühlte mich wie mit Gewalt von meiner ganzen Vergangenheit abgeschnitten. Vor mir lag die Zukunft kalt und klar.

Und doch wartete ich die ganze Zeit darauf, daß Maud wiederkommen sollte.

Narr, der ich war!

Zwanzigstes Kapitel

Über dem Himmel zittern heut Nacht die Streifen des Nordlichts. Mit tiefem Dunkel fällt der Schatten des Bergs über das Tal. Und über dem Schatten schimmert der Gipfel.

Vor der kleinen Bahnstation erstreckt sich der Perron, frisch geschaufelt und frei von Schnee. Und langsam gehe ich auf und ab. Unter meinen Füßen knirscht das Holzwerk in der scharfen Kälte. Es ist noch nicht lange her, daß all dies geschah, wovon ich mich in den dunkeln Wintermonaten frei zu schreiben versuchte. Kaum ein Jahr seit dem Tag, da ich mit einem Kind allein zurückblieb. Und doch erscheint mir diese Zeit langer als sonst zehn Jahre. Kein Tag ist vergangen, an dem ich nicht etwas Neues erlebt hätte.

Als ich mich um diesen anspruchslosen Posten bewarb und ihn auch erhielt, zuckten die Menschen die Achseln über den Beamten, der sich seine Karriere selbst verdarb. Gesegnet seien die Stimmen, die mich forttrieben. Gesegnet die Stunde, in der ich ihnen gehorchte.

Durch die Einöde hier oben kommt der Zug. So still ist es, daß man den Lärm weit umher hört. Aus dem Tannenwald, der das Tal beschattet, schnaubt er hervor, und wenn er vorüber ist, liegt der Rauch wie eine schwere Wolke über dem Tal. Zweimal im Tag kommt der Zug. Jetzt ist es Nacht, und ich erwarte ihn mit angezündeter Laterne. Morgen bei Tageslicht werde ich ihn mit meiner roten Fahne grüßen. Die Züge, die kommen und gehen, sind das einzige, was mir noch geblieben ist aus der Welt, die ich hinter mir gelassen habe. Mehr brauche ich auch nicht.

Lang sind die Monate gewesen, in denen ich die Sonne nicht gesehen habe. Sie verschwindet nämlich hier oben manchmal, und wenn man ihr Lebewohl sagt, ahnt man nicht, wie lang einem die Zeit wird, in der man auf das Wiedersehen wartet.

Aber morgen kommt sie wieder. Im Kalender steht die Stunde verzeichnet, und ich werde auf meinem Posten sein, um sie zu sehen. Da steigt sie wie ein schmaler Goldrand über den Kamm des Gebirgs empor, und über das Tal fällt zum ersten Mal ein Strahl von Licht. Da will ich sie willkommen heißen; und wenn ich daran denke, zittere ich vor Freude.

Aber auch wenn sie wieder da ist, wenn die Tage lang sind und die Sonne die Erde erneut, auch dann werde ich mit Wehmut zurückdenken an die lange Dämmerung der Winternächte.

Sie hat mir das düstere Gebirge und den tiefen Schatten des Tals, die schwarze Wand des Walds hinter dem weißen Schnee und den unendlichen Sternenhimmel darüber geschenkt. Keine Sonne kann mich vergessen machen, was ich in all dieser Einsamkeit suchte und fand.

9 788026 886723